O HOMEM QUE VENCEU HITLER

Marcio Pitliuk

O HOMEM QUE VENCEU HITLER

Uma história de amor e coragem

3ª edição
1ª reimpressão

VESTÍGIO

Copyright © 2012 Marcio Pitliuk

Publicado mediante acordo especial com a Allary Éditions em conjunto com a 2 Seas Literary Agency, sua agente devidamente designada, e com a Villas-Boas & Moss Agência e Consultoria Literária, sua coagente.

Publicado anteriormente no Brasil pela Editora Gutenberg com o mesmo título.

Todos os direitos reservados pela Editora Vestígio. Nenhuma parte desta publicação poderá ser reproduzida, seja por meios mecânicos, eletrônicos, seja via cópia xerográfica, sem a autorização prévia da Editora.

EDITOR RESPONSÁVEL
Arnaud Vin

EDITOR ASSISTENTE
Eduardo Soares

PREPARAÇÃO
Cecília Martins
Shirley Gomes

REVISÃO
Aline Sobreira

CAPA
Diogo Droschi (sobre imagem de Ildiko Neer/Trevillion)

DIAGRAMAÇÃO
Guilherme Fagundes

Dados Internacionais de Catalogação na Publicação (CIP)
Câmara Brasileira do Livro, SP, Brasil

Pitliuk, Marcio
   O homem que venceu Hitler : Uma história de amor e coragem / Marcio Pitliuk. -- 3. ed.; 1. reimp.-- São Paulo : Vestígio, 2021.

ISBN: 978-85-54126-77-3

1. Ficção brasileira 2. Holocausto judeu (1939-1945) - Ficção 3. Judeus - História 4. Sobreviventes do Holocausto - Ficção I. Título.

20-33439   CDD-B869.3

Índices para catálogo sistemático:
1. Ficção : Literatura brasileira   B869.3
Maria Alice Ferreira - Bibliotecária - CRB-8/7964

A **VESTÍGIO** É UMA EDITORA DO **GRUPO AUTÊNTICA**

São Paulo
Av. Paulista, 2.073 . Conjunto Nacional
Horsa I . Sala 309 . Cerqueira César
01311-940 . São Paulo . SP
Tel.: (55 11) 3034 4468

Belo Horizonte
Rua Carlos Turner, 420
Silveira . 31140-520
Belo Horizonte . MG
Tel.: (55 31) 3465 4500

www.editoravestigio.com.br
SAC: atendimentoleitor@grupoautentica.com.br

Este livro é dedicado a todos os que arriscaram a própria vida para salvar judeus durante o Holocausto. Mais de vinte mil pessoas foram reconhecidas e homenageadas com o título "Justos entre as nações", outorga oferecida pelo Museu do Holocausto de Jerusalém, o Yad Vashen.

Quem salva uma vida, salva a humanidade.
Provérbio judaico

Esclarecimento

As histórias de Chaim Kramer e Anna Kowalski e os nomes usados nesta obra são fictícios; no entanto, os diversos acontecimentos que se desenvolvem em torno da história principal são verídicos. Foram relatados por sobreviventes do Holocausto durante o trabalho de pesquisa que resultou neste livro.

Trechos em itálico se referem a fatos históricos que aconteceram durante a Segunda Guerra Mundial. Nesses casos, nomes, datas e acontecimentos são absolutamente verídicos.

O autor

Prefácio

Tom Venetianer[1]

*Há um prescrito em livros sagrados
do judaísmo afirmando que:
"Aquele que salva uma vida salva a Humanidade".*[2]

Pitliuk e eu somos amigos de longa data. Foi atendendo a um convite seu que comecei a dar palestras sobre minha experiência pessoal durante o Holocausto, quando, naquela horrível época, eu tinha sete anos.

Honrado e com alegria, aceitei o convite dele para prefaciar este livro.

Para retribuir a amabilidade do meu amigo, preocupou-me encontrar o enfoque que transmitisse a essência desta bela e sensível obra, fazendo você deleitar-se dela.

Estava diante de um dilema.

Sabe aqueles momentos em que nos encontramos diante de um impasse como esse? A solução está em pensar, parar, pensar, parar e pensar novamente, até que repentinamente acontece o "clique".

A trama concebida pelo autor contém situações inesperadas – suspense puro –, fugindo assim dos relatos costumeiros das muitas obras escritas sobre o Holocausto. Ele concebeu um romance entre duas pes-

---

[1] Engenheiro aposentado, é sobrevivente do Holocausto, prisioneiro dos campos-gueto Terezín e Sered, e presidente nacional da Sherit Hapleitá, entidade que representa os sobreviventes do Holocausto no Brasil.

[2] Mishnah Sanhedrin 4:5; Talmud Yerushalmi 4:9, Talmud Sanhedrin Babilônio 37a.

soas que na vida real dificilmente aconteceria. Mas sua descrição é tão realista que, ao longo do relato, você facilmente se identificará com elas.

Foi aqui que o clique "clicou". Recordando minha própria experiência durante a Segunda Guerra Mundial, quando eu e meus pais estávamos próximos da morte, sobrevivemos à orgia homicida nazista graças ao altruísmo de algumas pessoas, como a personagem Anna Kowalski, que foram capazes de superar o temor da morte para assegurar a vida de seu semelhante. Sem tal conduta desprendida, eu e meus pais, e o fictício Chaim Kramer, teríamos perecido nos campos de extermínio na Polônia.

Para evidenciar essa constatação, descrevo dois episódios que aconteceram comigo, fundamentando a mensagem central do autor:

A despeito das perversidades humanas levadas aos píncaros pelos Nazistas, a bondade e o amor ao próximo também se manifestaram, originando heróis anônimos, tais como a personagem central Anna.

Em um mundo conturbado como o atual, essa frase é um sopro de otimismo, assegurando que ainda há esperança para a raça humana. Só por isso já vale obter esta obra.

Vamos então aos heróis que me salvaram.

Um padre que honrou sua batina

Meu pai não gostava de falar sobre o período do Holocausto, quando foi assassinada grande parte da nossa família, nem sobre os horrores que vivenciou no campo de concentração de Sachsenhausen. Foram precisos muitos anos depois da tragédia para que meu pai relatasse em detalhes esse fato.

O Padre J. Kravar era um amigo de longa data do meu tio Gustáv. Ele era o pároco em Kecerovce, um pequeno vilarejo a uns vinte e cinco quilômetros de Košice, na Eslováquia, onde vivíamos.

Antes da guerra, o padre e meu tio se encontravam socialmente na sua modesta igreja paroquial. O padre era um enxadrista aficionado, e meu tio jogava razoavelmente bem, daí nasceu uma grande amizade.

Quando, em 1942, começaram a aparecer notícias sobre a eventual expulsão dos judeus da Eslováquia, o tio Gustáv foi visitar o padre para se consultar. Expôs que ele temia que os fascistas eslovacos o entregassem e a sua família para os nazistas. Indagou o que o amigo lhe recomendava.

Padre Kravar respondeu:

— Gustáv, você e sua família deveriam se converter ao cristianismo. Sabe, eu já fiz isso algumas vezes com outras famílias judias. Um certificado de batismo, ainda que falso, pode evitar que sejam importunados. É provável que esse documento dê uma certa garantia de não serem levados sabe lá Deus para onde. Aquele desgraçado do Tiso[3] é capaz de querer lamber as botas dos seus senhores em Berlin e autorizar essa barbaridade.

Relutantemente meu tio aceitou a oferta. Mais tarde, com o recrudescimento das perseguições aos judeus, meu pai e os outros irmãos também foram "batizados" pelo padre Kravar. Não era um batizado de fato, e o padre arriscava o seu pescoço, emitindo certificados falsos para cada um dos membros da nossa família.

Você, leitor, talvez esteja se perguntando onde estava a temeridade cometida pelo padre. Na Eslováquia, sob o regime fascista monitorado por Berlim, qualquer pessoa que ajudasse um judeu a se esconder, ou a fugir, seria imediatamente preso e fuzilado.

O mesmo risco de punição corria a personagem Anna, quando acolheu o personagem Chaim nesta obra que você tem em mãos.

Por meses esses certificados ajudaram a nos esconder nas Montanhas dos Cárpatos sob o disfarce de camponeses eslovacos com nomes trocados e falsos. Esses documentos continham o selo episcopal da região, conferindo-lhes veracidade.

Até que a farsa foi descoberta, fomos capturados e deportados.

Porém, muitos anos depois, os certificados do padre Kravar realizaram outro milagre, que contarei adiante.

---

[3] Josef Tiso, um bispo católico que foi presidente da república eslovaca fascista. Era um antissemita convicto.

Salvo por uma prisioneira

No outono de 1944, fomos capturados pela Gestapo no esconderijo das montanhas que citei anteriormente. Passamos por dois campos de trânsito. No primeiro, os homens foram separados das mulheres. Mamãe e eu fomos deportados para o campo-gueto Terezín, hoje uma cidade pacata na República Tcheca. Meu pai foi para Sachsenhausen, um campo de trabalhos forçados na Alemanha.

Vou poupá-lo, leitor, de descrever as péssimas condições vigentes nesse campo de concentração. Todas elas conjuravam para que os prisioneiros adoecessem e morressem, seja por exaustão, subnutrição, falta de condições sanitárias e higiênicas e/ou fraqueza resultante dos execráveis alimentos que nos serviam em quantidades diminutas.

Consequentemente, adoeci e tive caxumba.

A caxumba é uma doença viral. Na atualidade, com os antipiréticos, seu tratamento é relativamente fácil. Mas em um campo de concentração, a simples febre alta não tratada pode matar o enfermo. No terceiro dia, minha febre tinha chegado à perigosa temperatura de 40º C.

Eis que aconteceu um milagre.

No local onde trabalhava, mamãe conheceu uma médica tcheca, não judia, a Dra. E. Klim. Era uma prisioneira que trabalhava no ambulatório dos oficiais nazistas. Logo no primeiro encontro, mamãe se apresentou:

— Sou Alžbeta Venetianerová.

A doutora a olhou, espantada:

— Eu sou a Dra. Klim. Por acaso você é parente do Dr. Alexander Venetianer?

— Sim, ele é o meu marido.

A médica a olhou, estupefata:

— Alžbeta, esta é uma coincidência incrível. Seu marido e eu fomos colegas de turma na Universidade Carolina de Praga. Ele estudava Química e Farmácia, e eu, Medicina. Depois de formada, eu me casei e perdi contato com ele.

Ali nascia uma grande amizade. A partir de então, e apesar da jornada cansativa, depois do trabalho, as duas se encontravam e conversavam sobre suas vidas antes da guerra.

Quando comecei a apresentar os sintomas de caxumba, mamãe pediu que ela me examinasse. Ela diagnosticou a doença. Mamãe conta que a sua expressão já denotava más notícias.

– Querida amiga, seu filho corre sério perigo. Se a febre subir muito, ele poderá ter convulsões e problemas respiratórios. Reverter tal quadro sem remédios é impossível. Tente dar banhos frios.

Desesperada, mamãe acatou a recomendação. Junto a algumas colegas do nosso alojamento, tentaram me dar banhos frios no lavatório. Era inverno, a temperatura ambiente estava extremamente fria, e eu não aguentava os banhos. De qualquer forma, esse tratamento não parecia ajudar.

Incapaz de agir, mamãe procurou novamente a doutora Klim.

– Eva, meu filho está com febre muito alta. Os banhos não ajudam. O que faço? Pelo amor de Deus, me ajude.

E mamãe começou a soluçar.

A médica a abraçou, tentando consolá-la.

– Alžbeta, há um único remédio que poderia baixar a febre, mas é muito difícil consegui-lo, pois eu teria que o roubar do ambulatório. Você sabe que, se me pegarem, arrisco um castigo muito sério. Em todo caso, vou ver o que posso fazer.

Apesar de correr risco mortal, a doutora decidiu que ia furtar uma dose daquele remédio. Se fosse apanhada, teriam-na mandado para a Pequena Fortaleza,[4] uma sentença de morte certa. Nessa mesma noite, ela veio me ver e aplicou o medicamento. Segundo mamãe, eu estava prostrado, banhado de suor e já tinha começado a delirar.

A médica passou a noite comigo, acompanhando minha reação à droga, sob o risco de ser descoberta. Em poucas horas, a febre começou a ceder. Na manhã seguinte, minha temperatura voltou ao normal. O inchaço do rosto também diminuiu.

A heroína, neste caso, que também arriscou a própria vida, foi uma prisioneira em um campo de concentração, um lugar improvável para atos intrépidos, onde cada um lutava para sobreviver.

---

[4] A Pequena Fortaleza era uma prisão à parte de Terezín, para onde eram enviados os prisioneiros relapsos, fugitivos ou que cometeram crimes hediondos.

Quando a guerra terminou, meu pai retornou do campo de Sachsenhausen, eu e minha mãe, do campo de Terezín. Todos os nossos parentes, os Venetianer, tinham sido assassinados. Meu pai, enojado e atormentado pela virulência do antissemitismo na Europa, decidiu que íamos emigrar.

Ele vinculou tal decisão à condição de que só iríamos para algum país fora do Velho Continente.

No meio tempo, a Tchecoslováquia voltou a existir, e sua capital voltou a ser Praga. E como todos os consulados e embaixadas dos países que o interessavam estavam localizados em Praga, papai começou a viajar com frequência para a capital.

Esbarrou em muros de intolerância!

Nenhum país nas Américas (norte e sul) emitia vistos de entrada para judeus refugiados da guerra.

De tanto ir ao consulado brasileiro, ele fez amizade com uma assistente consular, moça jovem e cristã casada com um judeu. A empatia entre os dois se estabeleceu, e a cada vez que meu pai retornava às suas visitas em Praga, ele sempre ia ver essa moça. Sistematicamente a resposta era a mesma:

– O governo brasileiro não permite a entrada dos judeus.

Em sua última visita, a jovem estava toda sorridente e deu ao meu pai uma boa notícia:

– Dr. Alexandre, tenho boas notícias. Se o senhor apresentar um documento atestando que o senhor e sua família não são judeus e outro documento denominado Carta de Chamada, eu conseguirei os vistos.

Carta de Chamada era um documento em que o imigrante era convidado a vir ao Brasil, sem custos para o governo brasileiro, em geral emitido por um familiar que vivia no país.

Agora voltamos ao padre Kravar. Aquele atestado de batismo que ele fez anos atrás novamente foi útil, já que os papéis certificavam que "não éramos judeus". Com isso em mãos, meu pai entrou em contato com uma prima da minha mãe que vivia no Brasil há muitos anos e solicitou a Carta de Chamada.

Foi assim que, no dia 29 de junho de 1948, aportamos em Santos e começamos vida nova em um país que oferecia grandes oportunidades.

Desfecho feliz

Os episódios acima relatados comprovam que a Anna fictícia do livro poderia perfeitamente ter sido uma das minhas personagens reais, como o padre Kravar, ou a doutora Klim, pessoas que, sob o risco da própria morte, decidiram ajudar seus semelhantes.

De certa maneira, Chaim Kramer fui eu.

Parabéns ao Marcio Pitliuk pela belíssima obra.

.I.

São Paulo,
outubro de 2004

— Chaim Kramer nasceu *no* Polônia, mas era brasileiro.

No enterro de Chaim, o rabino, um *chassídico* — denominação dos membros de uma corrente ultrarreligiosa do judaísmo —, de casaco e chapéu pretos, fez sua prédica na beira do túmulo, dirigindo-se à família e aos amigos reunidos no cemitério. Expressava-se com emoção e forte sotaque leste-europeu, pois também tinha nascido na Polônia — felizmente, muitos anos depois do Holocausto, ao contrário de Chaim. O rabino era seu melhor amigo.

— Ele sempre falava que *a Brasile* era maravilhoso e que aqui podemos praticar *nosso religion* com total liberdade. Chaim Kramer foi um sobrevivente da *Shoah*, o Holocausto. Perdeu *suas* pais e sua *irmãozinha* quando tinha quinze anos, mas sobreviveu para contar o que viu para as novas gerações — prosseguiu o rabino, com seu sotaque característico. — Chaim Kramer venceu Hitler e contou *as* horrores que viveu.

Fazia frio no Cemitério Israelita de São Paulo, onde mais de cem pessoas acompanhavam o enterro. Chaim tinha muitos amigos. Apesar de tudo o que sofreu, era um homem otimista e alegre, muito diferente do que se poderia imaginar de um sobrevivente do Holocausto. Mas, como ele sempre dizia, "ao mesmo tempo em que choro o assassinato de meus pais e minha irmã, agradeço a Deus por estar vivo, por dar continuidade ao judaísmo e por ter testemunhado os crimes dos nazistas, para que ninguém os negue e eles nunca mais aconteçam".

O túmulo em que estava sendo enterrado ficava na parte alta do cemitério, entre lápides simples, como era costume num cemitério judaico, e ao lado do túmulo da sua esposa, falecida alguns anos antes. De lá, podia-se ver o *skyline* da sua querida São Paulo, cidade que escolheu para viver. Seu único filho, David, herdou sua confecção. Empresário talentoso, soube expandir a empresa do pai. Tinha pouco mais de cinquenta anos, cabelos grisalhos e lisos que um dia foram loiros, incomuns para um judeu, iguais aos cabelos do pai. Um homem alto, David tinha pouca barriga para alguém da sua idade e que não era atleta. Suas atividades esportivas resumiam-se a algumas horas de tênis semanalmente. Sua expressão estava abatida pela morte do pai, a quem adorava. Barba por fazer, seguia a tradição judaica de não se barbear durante a *shivá*, o luto. Vestia-se bem, com elegância, de acordo com a sua atividade profissional. Sua esposa segurava seu braço, ao lado dos filhos do casal. Todos vestiam preto. Conforme a tradição, David seria o primeiro a jogar uma pá de terra sobre o caixão do pai. A pá passava de uma pessoa para outra – os mais próximos prestavam sua última homenagem a um homem que sobreviveu ao pior crime da humanidade. Nesse momento do ritual, os mais emocionados choravam – talvez por causa do barulho surdo da terra no caixão ou pela certeza de que a vida se esvaíra.

A cerimônia prosseguia muito triste, pois Chaim Kramer era muito querido pelos amigos e pela família. Ao final, formou-se uma fila para expressar os sentimentos à família Kramer, e todos podiam ver o corte na lapela do paletó de David, mais uma tradição judaica em sinal de luto. Enquanto a fila caminhava, alguém avisou sobre o local e a hora em que seriam realizadas as rezas em memória de Chaim. A família preferiu que fossem na sinagoga que ele frequentava, a mesma do rabino que fez a prédica.

Depois da cerimônia, todos voltaram para suas casas. David morava num belo apartamento, com decoração moderna, e nas paredes, muitos quadros de bons artistas. Apesar de todas as dificuldades de Chaim para refazer a vida depois do Holocausto, de ter que superar os traumas – não todos – de tudo o que passou na Polônia durante a ocupação nazista, ele soube criar o filho sem que as suas neuroses o afetassem e cuidou para que tivesse uma educação cosmopolita. Não quis que o filho sofresse na infância só porque ele havia perdido a sua nas mãos dos nazistas. Ao mesmo tempo, não o mimou, porque sabia que a vida era uma luta sem fim. David, com essa criação, se tornou um homem bem-sucedido e realizado.

Em sua casa, sentou-se no sofá ao lado do casal de filhos, ambos com idade em torno dos vinte anos. Sua mulher servia um café. Estava abatido pela morte do pai. Não tirou a *quipá*.[1] A menina, mais carinhosa, segurava sua mão. Ninguém falava, o silêncio reinava na sala. David se mostrava impaciente, alguma coisa o preocupava, e, pela sua expressão, era algo além da morte do pai. Tomou o café de um gole só e se levantou. Ficou andando de um lado para outro da sala, como sempre fazia quando estava nervoso. Esfregou a barba que começava a crescer, respirando fundo e soltando o ar com força.

— O que foi, pai? O que está deixando você assim? — perguntou a filha.

David continuou a caminhar pela sala, procurando a maneira certa de falar com a família, mas sabia que o melhor era ser direto.

— Quando terminar a *shivá*, eu vou à Polônia.

Os filhos e a esposa olharam para ele, surpresos com a informação.

— No país que o vovô jurou nunca mais pisar? — espantou-se a filha.

A família jamais poderia imaginar que ele tomaria a decisão de ir à Polônia. David se sentou ao lado da filha, passou a mão pelos ombros dela e a puxou para si, como se buscasse apoio e aprovação.

— Na verdade, não se trata de ir à Polônia simplesmente, mas ao lugar onde o avô de vocês foi perseguido como um animal. Quero conhecer o local onde ele ficou escondido, quero saber quem foi aquela polonesa filha da puta que primeiro o ajudou e depois iria entregá-lo aos nazistas. Quero saber tudo sobre essa estranha pessoa.

David se levantou de novo, foi até uma mesinha e pegou um porta-retratos. Olhou carinhosamente para a foto na qual aparecia junto com o pai.

---

[1] Tipo de chapéu utilizado pelos judeus como símbolo da religião e de temor a Deus.

– Acho até que ela já morreu; se está viva, deve ter mais de noventa anos, mas sempre quis saber: que tipo de pessoa entregaria aos nazistas um garoto de quinze anos? Meu pai tinha a mesma idade que eu nesta foto.

Os filhos argumentaram, tentando convencer o pai a desistir da ideia, mas a esposa sabia que quando ele tomava uma decisão ninguém conseguia convencê-lo do contrário, e encerrou a discussão.

– Se você quer ir, David, vá. Se não gostar do que descobrir, paciência. Seu pai sempre falava daquela polonesa com rancor, mas a decisão é sua. Só uma coisa: você vai sozinho, eu não piso na Polônia.

.2.

Cracóvia,
1º de setembro de 1939

Um clima de tensão e medo envolvia a madrugada em Cracóvia, a cidade mais bonita da Polônia. Mendel Kramer, pai de Chaim e avô de David, tinha quarenta e poucos anos. Vestia um elegante robe de chambre e procurava sintonizar, num grande rádio de madeira escura, uma estação com melhor qualidade de som, já que todas transmitiam a mesma notícia. Moreno, de cabelos cacheados bem escuros, olhos azuis-claros, Mendel era um típico judeu-polonês. Não usava *quipá* nem tinha barba. Seguia as tradições judaicas, mas não era um homem religioso. A sobrancelha franzida mostrava a expressão preocupada. Seu apartamento, de classe média, tinha uma decoração pesada, móveis de madeira maciça, porta de entrada de pinho-de-riga com os veios negros e brancos, cortinas grossas de veludo e sofás aconchegantes. Uma família de posses, mas não muito rica. Objetos de certo valor, como um jogo completo de cristais comprado há dois anos numa viagem à região da Boêmia, quadros nas paredes, um piano e uma *menorá*[2] de prata no centro da mesa de jantar, decoravam a sala.

Atrás dele, também de robe, sua mulher Clara, cabelos vermelhos, elegante, bem-cuidada, com a expressão assustada, se agarrava a Mendel. Suas mãos tensas apertavam os ombros dele com tanta força que ele precisava se controlar para não reclamar e não deixá-la ainda mais nervosa.

---
[2] Castiçal de sete velas.

O olhar de pânico de Clara demonstrava o terror que todos os judeus já pressentiam para a Polônia.

Ele finalmente conseguiu sintonizar uma estação de rádio, pela qual ouviam o noticiário. O volume aumentava e abaixava, a estação pegava com dificuldade, como eram as transmissões de setenta anos atrás.

"Nessa madrugada de primeiro de setembro, as tropas da Alemanha nazista cruzaram a fronteira da nossa pátria polonesa. Houve violenta troca de tiros entre os dois exércitos e pesadas baixas dos dois lados. Os tanques inimigos avançam em território polonês com cobertura da força aérea nazista, que despeja centenas de bombas contra a população civil. Ainda não podemos confirmar o número de mortos poloneses, heroicos combatentes que perderam a vida defendendo a pátria", informou a emissora, que iria divulgar notícias o dia inteiro, entrecortadas por hinos nacionais e apelos patrióticos das autoridades.

Clara, cada vez mais nervosa, passou os braços pelo pescoço de Mendel, procurando proteção. Sabia o que os nazistas fizeram com os judeus na Alemanha, na Áustria, na Tchecoslováquia, e sabia que iriam fazer a mesma coisa com os judeus na Polônia. Ouviu casos e relatos de judeus que fugiram desses países para escapar do regime nazista, cruzaram as fronteiras e se abrigaram na casa de parentes na Polônia. Outros conseguiram visto, fugiram para a América e escreveram de lá, contando o horror que Hitler e seus asseclas estavam praticando contra os judeus. Mendel procurou demonstrar tranquilidade e consolá-la. Ela estava visivelmente apavorada. Ele, também preocupado, controlava-se porque não queria deixar a família em pânico.

Mendel ajeitou os óculos, segurando com carinho as mãos da esposa – sabia que precisava manter a calma. Agora, era tarde para fugir. As fronteiras estavam fechadas, não havia mais para onde ir. Só restava esperar e rezar. Deveria ter fugido há um ano, como fez seu primo, mas não era fácil abandonar tudo. Largar a empresa, o apartamento, os pais, os sogros, transformar tudo em algumas centenas de milhares de slótis e ir para onde? Recomeçar como? Além disso, era difícil conseguir visto de algum país para uma família de judeus em busca de vida nova. Recomeçar do zero com uma mulher e dois filhos para cuidar não seria fácil. Por outro lado, a França e a Inglaterra tinham assinado um acordo com a Polônia, garantindo proteção no caso de uma invasão alemã. Os exércitos franceses e ingleses, unidos ao exército polonês, em pouco tempo expulsariam os invasores nazistas. A Alemanha não teria como enfrentar os três exércitos.

Clara começou a chorar baixinho, as lágrimas escorrendo pelo rosto. Mendel a abraçou e tentou acalmá-la, falando tranquilamente para transmitir confiança.

– Não se preocupe, Clara. Os franceses e os ingleses vão atacar a Alemanha, e o exército nazista vai desocupar a Polônia em menos de uma semana. Assinamos um tratado de defesa, é questão de horas até que eles declarem guerra. Então, tudo voltará ao normal.

Clara olhou para o marido e balançou a cabeça negativamente. Não acreditava nos aliados da Polônia. "Os alemães já atacaram outros países, e ninguém os defendeu", pensou. Foi até a porta de um dos quartos do apartamento, abriu-a e olhou para dentro. Um casal de crianças dormia alheio ao manto negro com desenho da suástica que começava a cobrir a Polônia e a atingir os judeus de maneira muito particular. Mendel, ao lado da esposa, amparava-a. Os dois encostaram-se ao batente da porta e olharam para os filhos. Clara não conteve as lágrimas, estava muito abalada. Numa das camas, dormia o jovem Chaim, que naquele ano havia completado treze anos, *bar-mitzvah*,[3] um menino loiro, como será seu filho David, e olhos azuis-claros herdados de seu pai Mendel. O menino não tinha os traços típicos dos judeu-poloneses, normalmente morenos e de nariz adunco. Era um garoto esperto e simpático, ainda infantil, superprotegido, como não poderia deixar de ser, pela *iídiche mamma*.[4] Na outra cama, dormia Ruth, uma menina de oito anos, ruivinha como a mãe, com um sorriso sempre alegre. Nos jantares de Yom Kipur[5] e no Pessach,[6] quase sempre um tio

---

[3] Cerimônia de maioridade para os meninos.

[4] Literalmente "mãe judia"; também usado como mãe superprotetora.

[5] Dia do perdão, comemorado dez dias após o ano novo.

[6] Literalmente "travessia". Comemora a libertação do povo judeu da escravidão no Egito (a travessia para a liberdade).

falava que Ruth era a cara da mãe, e outro tio dizia que ela se parecia com o pai. Olhando bem, ela tinha mesmo traços de ambos. Os dois dormiam tranquilos, indiferentes aos acontecimentos. As bombas ainda não caíam em Cracóvia, a madrugada era tensa, mas silenciosa, e o frio mantinha as crianças na cama, aquecidas pelos edredons de penas de ganso. Da sala, vinha o som do rádio, que tocava o hino da Polônia.

– O que será dos nossos filhos, Mendel? – perguntou Clara, com um nó na garganta.

– Não se preocupe, vai dar tudo certo. Eu sempre dou um jeito, não dou? – respondeu Mendel, abraçando a esposa para confortá-la.

Ela, porém, não conseguia se acalmar e chorava baixo, preocupada em não acordar as crianças.

– Desta vez, é o mundo contra nós, Mendel. O mundo todo. Não é a luta que você está acostumado a lutar. Não se trata de cuidar da família ou pagar uma boa escola judaica para nossos filhos. Um exército e um bando de loucos querem matar todos os judeus, é disso que se trata. E ninguém vai se preocupar com os judeus.

#

Desde que Hitler chegou ao poder, em 1933, conscientes da política antissemita que era divulgada nos primórdios do nazismo, muitos judeus começaram a procurar refúgio em países mais tolerantes. Conforme os alemães expandiam seu território com a anexação dos Sudetos e da Áustria, seguida pela invasão da Polônia, e a propaganda antissemita chegava aos ouvidos de toda a Europa, mais e mais judeus se conscientizavam de que a única solução era emigrar, fugir do laço nazista que ia se ampliando. Porém conseguir visto não era nada fácil. Alguns judeu-alemães e poloneses se refugiaram na Holanda, país próximo e tolerante. Outros, na França – que foi o mesmo que assinar a sentença de morte, uma vez que a França acabou por deportá-los para Auschwitz – e em Portugal, como se fosse uma escala rumo à liberdade.

A prudência dizia que era melhor sair da Europa; no entanto, poucos países concediam vistos aos judeus. Os Estados Unidos tinham cotas limitadas, assim como o Canadá. Após a Noite dos Cristais, ficou clara para os judeu-alemães a urgência de sair da Alemanha. Noite dos Cristais, ou

Kristallnacht *em alemão, foi o ataque ocorrido contra judeus e suas propriedades na Alemanha e na Áustria em 9 de novembro de 1938. Incentivados pelo governo nazista, o povo alemão e as tropas paramilitares saíram às ruas numa violenta onda de destruição e ódio. Segundo os nazistas, o motivo da ação foi o ataque a Ernst von Rath, diplomata alemão em Paris, cometido pelo judeu-polonês Hirsch Grynspan. Há historiadores que defendem a tese de que foi um teste de Hitler para saber até que ponto os alemães estariam dispostos a destruir o judaísmo no Terceiro Reich. Noventa e um judeus foram mortos naquela noite, centenas de sinagogas foram queimadas e milhares de residências e lojas de judeus foram destruídas. A sociedade alemã apenas lamentou o prejuízo financeiro. O nome Noite dos Cristais é uma referência às vitrines e janelas quebradas.*

Quase mil judeus embarcaram no SS St Louis *com destino a Cuba, onde aguardariam visto para entrar nos Estados Unidos. Porém os vistos não foram liberados, e o navio voltou para a Europa. Os refugiados se espalharam por diversos países, e um quarto deles acabou morrendo durante o Holocausto.*

O Brasil era outro país que proibia a entrada de judeus, segundo as circulares secretas de Getúlio Vargas. O governo Vargas, fascista e antissemita, não permitia a concessão de vistos para esses imigrantes. Felizmente havia artifícios para obter esses vistos. Alguns judeus conseguiram chegar ao Brasil com documentos falsos que atestavam que eram cristãos. Outros vieram como turistas e aqui ficaram. No consulado brasileiro de Hamburgo e no serviço diplomático da França, Aracy Guimarães Rosa e Luiz Martins Souza Dantas, respectivamente, contrariaram as ordens superiores e emitiram diversos vistos, salvando assim a vida de milhares de pessoas. Em outros consulados, como o do Japão na Lituânia, de Portugal em Bordeaux, da Suécia em Budapeste, de El Salvador em Genebra, e muitos outros, os cônsules, à revelia dos seus governos, também emitiram vistos e salvaram muitos judeus da morte certa.

· 3 ·

Do outro lado da cidade, num prédio mais modesto, Marek e Anna Kowalski também acompanhavam com apreensão as notícias da invasão. Ele, um homem enorme, parecia um urso desajeitado andando pelo pequeno apartamento. Tinha os cabelos lisos e escorridos, e um bigode que cobria toda a boca e caía pelas laterais do rosto à la Obelix. Sua esposa, Anna, cabelos loiros, olhos azuis-claros, pernas longas, cintura fina e seios fartos, tinha o padrão de beleza que fazia a fama das mulheres do Leste europeu de serem tão atraentes. Ambos jovens, com menos de trinta anos. De camisola, ela estava envolta num edredom de penas de ganso. De uniforme, ele parecia pronto para a guerra.

Assim como o casal Kramer, ouviam o rádio, apreensivos. Viam os alemães como invasores, não como uma horda selvagem que pretendia também destruir o povo judeu, e se sentiam confiantes e orgulhosos pela certeza de que conseguiriam conter o avanço inimigo. Também acreditavam que os ingleses e os franceses abririam uma frente de combate na retaguarda do exército alemão e, cercados, logo seriam dominados.

Afinal, a Polônia era um país extenso, com trinta milhões de habitantes, acostumado com guerras. Marek não tinha medo de ninguém, lutaria com garra e determinação, e expulsaria os alemães de volta para casa. Ele abraçou Anna com força e a beijou; apesar de ser uma mulher alta, precisava ficar na ponta dos pés para alcançar os lábios do marido. O beijo acendeu o casal. A ansiedade da batalha que se aproximava, o clima de tensão no ar de Cracóvia, a juventude do casal, tudo isso fez aumentar a libido dos dois. O jovem Marek acreditava que a guerra era um palco para heróis, um espetáculo no qual ele iria ser um dos principais atores. Anna também gostava de ver seu homem de uniforme – ele ficava mais viril, mais encantador.

Marek pegou o capacete que guardava em cima da estante da sala e se preparou para sair. Sabia onde devia se apresentar para colocar em prática tudo o que tinha aprendido no exército.

– Vou matar tantos alemães que o chão da Polônia ficará vermelho por muitos anos.

Sim, o chão da Polônia ficaria manchado de vermelho. Mas por outra razão.

Anna o abraçou com força e, se não fosse pelo dever, não o largaria jamais. Marek abriu a porta, recebeu o golpe frio do vento do outono e desceu as escadas batendo com força as botas de couro nos degraus de madeira. Anna correu para a janela para ver pela última vez seu querido Marek e fez o sinal da cruz, pedindo proteção para ele. Em várias janelas, as mulheres, muitas com crianças, também se despediam dos maridos que se juntavam em grupos e caminhavam em direção aos quartéis. Marek ia se apresentar à cavalaria – ele foi criado em uma fazenda e era exímio cavaleiro, apesar do tamanho e do peso.

Antes do meio-dia, já estava armado, a cavalo e galopando com seu batalhão ao encontro das tropas alemãs. Mais precisamente em direção aos Panzer, a cavalaria mecânica do Reich. Dessa maneira, os corajosos soldados poloneses, muitos com armamentos da Primeira Guerra Mundial, enfrentariam as bem armadas tropas de Hitler.

As batalhas acabaram em verdadeiras carnificinas. Enquanto a força aérea alemã – a Luftwaffe –, superior em todos os sentidos, e sem a ameaça de baterias antiaéreas ou caças de combate, bombardeava as tropas polonesas pelo ar, a cavalaria mecânica, com velozes tanques e poderosos canhões, avançava por terra, derrubando quaisquer obstáculos, cavalos e seus cavaleiros, soldados a pé, carros de combate da Primeira Guerra, deixando um rastro de destruição por onde passava. O que escapava da Luftwaffe ou dos Panzer era aniquilado pela infantaria armada até os dentes com metralhadoras, pistolas Luger, granadas e lança-chamas. Os poloneses lutavam como no começo do século, enquanto eram literalmente esmagados pelos alemães. Mesmo assim, sua coragem e determinação resistiram durante um mês antes da capitulação, o dobro de tempo que resistiria o exército francês menos de um ano depois.

As semanas passavam rapidamente, e quase todos os dias Anna ia até o quartel para ter notícias do marido. Naquele dia do final de setembro, vestiu o casaco, pegou uma sacola para trazer alguma comida, que começava a ser racionada, e, angustiada, seguiu para o centro de informações do exército. Lá, encontrava sempre um amontoado de esposas e mães nervosas. Pela expressão das mulheres que saíam do quartel, era possível distinguir quem havia ficado viúva, perdido um filho ou ainda podia esperar que seu amado voltasse para casa a salvo, mesmo que ferido. Mas vivo!

Anna havia acordado com um mau pressentimento. Passou na casa da sua amiga Sonja e pediu que a acompanhasse. Estava muito angustiada e não queria ir sozinha até o centro de informações. Se Anna já chamava a atenção pela beleza natural, Sonja era estonteante, porque, além dos dotes naturais, sabia como ninguém se vestir para atrair os olhares, maquiava-se como uma artista e tinha os movimentos estudados para enfatizar ainda mais sua beleza. Enquanto Anna era mais contida e triste, Sonja era expansiva e sorridente. Quem falasse com Sonja jamais imaginaria que a Polônia estava em guerra.

– Que cara é essa, amiga? – perguntou Sonja espantada.

– Acordei com um pressentimento ruim e passei a noite em claro. Só conseguia pensar no Marek.

– Não pense besteiras. Marek é forte e sabe se cuidar. Não vai acontecer nada com ele.

– Sonja, só você mesmo para ser tão otimista nessas horas. O país em guerra, os alemães vencendo, e você continua achando que está tudo bem.

– Tudo bem, não – respondeu Sonja com malícia –, tem muito pouco homem jovem e disponível na cidade! Todos estão nos campos de batalha. Você não se preocupa porque o Marek vai voltar logo para seus braços – ela terminou sorrindo.

– Tomara que você tenha razão. Faz quase um mês que ele foi convocado. Sinto tanta falta do seu corpo quente na cama, de seus braços fortes.

– Pare com isso, Anna, pode parar. Se não, quando Marek voltar, roubo ele de você!

Anna acabou relaxando e rindo do comentário da amiga.

– Ah! Nessas horas eu preferia ser solteira como você!

As duas chegaram ao centro de informações do exército e Sonja ficou do lado de fora enquanto Anna seguiu, avançando para conseguir chegar até a lista de mortos e feridos. Era uma situação constrangedora, um empurra-empurra, mulheres que gritavam de dor ao ler o nome de seus familiares, outras que sentiam a perna fraquejar e desfaleciam. Havia as que choravam de dor e as que choravam de alegria por mais um dia de esperança.

O pior, Anna observou, era que a lista de mortos aumentava a cada dia. Os jornais já não escondiam que estava muito difícil para a Polônia conter o avanço alemão. E enquanto os poloneses lutavam com garra, mas com tremenda desigualdade de forças contra o bem equipado exército nazista, os ingleses e franceses, que tinham prometido ajuda, travavam apenas batalhas diplomáticas, que não impediam o avanço de Hitler.

Anna forçou a passagem até conseguir chegar à parede onde as listas estavam afixadas. Era sempre um momento de extrema angústia esse em que procurava o nome do marido, rezando para não encontrá-lo. Kastelniac, Katic, Kazimir, Keplec, Kowalski.

– Kowalski, Marek – balbuciou Anna, procurando confirmar se o nome era esse mesmo ou algum muito parecido.

Sentiu as pernas bambearem e o ar faltar, e começou a recuar lentamente em direção à porta. Abriram passagem para que ela pudesse sair e caminhar cambaleante até a rua. Quando encontrou o olhar de Sonja, nem precisou falar nada. A amiga entendeu o que havia acontecido.

Foi só na terceira semana que Marek caiu. Forte como um touro, resistiu a vários ataques e causou muitas mortes entre os alemães. Foi numa batalha nas margens do rio Vístula, bem próximo a Cracóvia. Defendia, com um grupo, uma passagem estratégica, e o sargento gritava que eles não deveriam recuar sob hipótese alguma. "Atrás de vocês estão suas famílias. Recuar é entregá-las aos conquistadores." Marek fora ferido no braço esquerdo, mas ainda conseguia empunhar sua arma e atirava em cada alemão que se aproximava. Era caçador e tinha bela pontaria. Estava esgotado, mas determinado a não desistir. Depois de alguns dias de cerco, finalmente uma divisão de blindados alemães surgiu para apoiar a tropa, e os tanques avançaram impiedosos, dando cobertura à infantaria. Nada mais podia ser feito a não ser morrer lutando – e foi o que Marek e seu grupo fizeram.

#

Mendel e Marek erraram na previsão. Com os ventos gelados do outono, chegaram também os vendavais da guerra, que atingiram principalmente os judeus. Os alemães nomearam Hans Frank governador-geral dos territórios poloneses ocupados, um advogado que ficou famoso pela brutalidade com que dominava a Polônia. Comandava tudo com mãos de ferro e punia com a morte qualquer tipo de oposição às suas ordens.

Um dos planos de Hitler era transformar a Polônia num grande celeiro, uma imensa fazenda para os alemães. Se isso significasse exterminar os poloneses, seria feito. Primeiro os judeus, depois os poloneses. Em discurso na convenção do Partido Nazista em 1933, Hitler disse que ninguém precisava ter piedade dos poloneses, nem se preocupar com o julgamento da História, pois, menos de vinte anos depois, ninguém se lembrava mais do massacre dos armênios pelos turcos.

No final de setembro, um mês após a invasão, a Polônia deixava de ser um Estado independente. A França e a Inglaterra cumpriram apenas uma parte das suas promessas. Declararam guerra à Alemanha, mas tudo ficou no papel. Diplomaticamente, exigiam que a Alemanha se retirasse, mas nem um tiro foi disparado contra o exército nazista. Os ingleses e os franceses não mandaram nem um soldado sequer para combater na Polônia e expulsar os invasores. E os nazistas tampouco se preocupavam com a diplomacia.

Anos mais tarde, no desenrolar da guerra, houve um desentendimento entre a Alemanha e o Vaticano; Hitler então perguntou ironicamente quantas divisões tinha o Papa. A Polônia foi dividida em duas. Uma parte para Hitler, outra para Stalin. Enquanto os poloneses combatiam o exército nazista na frente oeste, os comunistas atacaram a Polônia pelas costas, e o país capitulou. Começaram os anos do terror.

·4·

Cracóvia,
23 de novembro de 1939

Vestido com um terno bem cortado, portando uma bengala na mão direita, Mendel caminhava para o seu escritório envidraçado no fundo do galpão da confecção. Várias fileiras de mesas com costureiras e alfaiates formavam um corredor na entrada da fábrica até a porta da sua sala. Pelo caminho, examinava um tecido, avaliava um molde novo, ajeitava um vestido num manequim de madeira. Sorria para uma costureira, dirigia uma palavra de apoio para outra, perguntava pela filha de um alfaiate que estava gripada, elogiava o trabalho de outra funcionária. Não tinha pressa, preferia ser gentil com os empregados. Seu escritório, no final do salão, tinha divisórias de vidro. Apesar da guerra e da invasão das tropas inimigas que então chegaram a Cracóvia, Mendel mantinha a confecção funcionando em ritmo normal. Ainda não tinha recebido nenhuma ordem, nenhuma proibição, tinha estoque de tecidos e achava que o melhor a fazer era produzir e tentar manter a normalidade. Com isso, continuou pagando os salários e economizando dinheiro para um futuro incerto. Seguia o ritmo de antes da guerra. Acordava, ia para a fábrica, entregava as encomendas, recebia novos pedidos, tocava a vida.

Em casa, apesar do nervosismo, tudo estava sob controle. Clara acalmou-se um pouco, mas não deixava os filhos irem à escola, aguardando o que estava por vir. Depois da noite em que se desesperou, só iria chorar novamente quando as tropas nazistas marchassem pelas ruas de Cracóvia. As leis raciais ainda não vigoravam com todo rigor, e isso trazia uma falsa tranquilidade para os judeus.

– Quem sabe a situação não seja tão ruim – comentou Clara, durante o café da manhã daquele dia.

– Eu falei para você não se preocupar – respondeu Mendel.

Infelizmente, os acontecimentos de 23 de novembro de 1939, pouco mais de dois meses após a invasão da Polônia, não corresponderam às expectativas do casal. Sentado à sua mesa de trabalho, envolvido com os documentos, ele pensava nas encomendas que deveria entregar a um grande magazine de Cracóvia. Acabara de receber um telefonema do seu gerente comercial de Lodz, procurando tecido para um grande pedido. Lodz, o maior centro têxtil da Polônia, era um mercado controlado pelos judeus, que, desde o século XIX, desenvolviam essa atividade na cidade, que hoje produz roupas para toda a Polônia, transformando Lodz numa grande cidade.

Mendel, alguns anos atrás, havia até cogitado se mudar para Lodz, mas preferiu manter a fábrica onde seu bisavô a construiu. A família Kramer era uma das mais antigas da Polônia. Estavam lá havia seiscentos anos, quando o rei Casimiro convidou os judeus para se estabelecerem em Cracóvia e ajudar a desenvolver a economia do seu reino. O rei Casimiro sabia que os judeus procuravam um local para se estabelecerem, que eram perseguidos em vários países da Europa ocidental e que desenvolveriam economicamente a região que ocupassem. Convidá-los se revelou uma decisão acertada. Seu reinado foi o período de maior liberdade e desenvolvimento que os judeus tiveram na Polônia e os melhores tempos que ali viveram, quando Cracóvia também experimentou seu melhor momento. Por isso, o principal bairro judeu de Cracóvia chamava-se Kazimierski, em homenagem ao rei Casimiro – ou Kazimierz, em polonês.

Outro motivo para Mendel manter a fábrica em Cracóvia foi o fato de os trens melhorarem a cada dia; a malha ferroviária polonesa era extensa, e, com isso, o transporte de mercadorias ficava mais fácil a cada ano. O que ele não imaginava era que a grande malha ferroviária polonesa serviria, num futuro próximo, para acelerar uma das maiores atrocidades da humanidade.

Estava envolvido com o trabalho, quando um barulho diferente vindo do salão tirou sua concentração. Burburinhos, gritos, passos de botas batendo no chão. Colocou os óculos e olhou através do vidro. Pela primeira vez desde que a guerra tinha chegado à Polônia ele sentiu medo. Na verdade, sentiu pavor, porque sabia que o terror havia começado e que nada podia fazer para impedir a nova situação que seria imposta. O som das botas militares batendo forte no chão se aproximava.

Mendel se levantou e ajeitou o paletó e a gravata como se fosse receber uma visita – apesar de o visitante não ter sido convidado. Via através do vidro da sua sala um funcionário seu, o chefe do pessoal, seguindo todo solícito na direção do seu escritório. O funcionário parecia fazer mesuras e abrir caminho para a comitiva entre as bancadas de costureiras. Atrás dele, um oficial nazista. Mendel tinha o hábito profissional de avaliar a maneira como as pessoas se vestiam. O oficial usava um uniforme preto da SS muito bem cortado, elegantemente ajustado ao corpo, com as caveiras prateadas e os dois "S" simétricos e gráficos em ambos os lados na ponta do colarinho, uma bota perfeitamente lustrada, um chicote na mão e um quepe também preto com as insígnias da SS. Dentro desse uniforme, havia um homem com menos de quarenta anos, peito estufado, prepotência nos gestos e maldade no olhar. Maldade que exalava dos olhos azuis-claros típicos dos arianos.

Logo atrás do oficial, seguia esbaforido, como se não conseguisse acompanhar o ritmo das passadas, um senhor com cerca de sessenta anos, de terno escuro amarrotado, sapatos sujos de lama, um casaco de lã grossa dois números maior do que deveria – em resumo, um tipinho da mesma categoria da pastinha gasta de vendedor que ele agarrava com força, como se todos os seus bens lá estivessem. Completavam a comitiva dois soldados alemães da SS, armados como se fossem para a frente de batalha. Metralhadoras nas mãos, granadas presas ao uniforme, pistola na cartucheira do lado direito, e olhares frios e impenetráveis. Dois garotos com pouco mais de dezoito anos, que se consideravam poderosos porque tinham os dedos no gatilho.

Mendel sentiu o suor escorrer pelas costas, molhando a camisa e o colete por baixo do paletó. Procurou não demonstrar medo, mas temia que as gotas de suor em sua testa fossem perceptíveis. Paralisado, manteve-se quieto atrás da escrivaninha. Um dos soldados se antecipou ao oficial e abriu a porta bruscamente. Os quatro invadiram seu pequeno espaço privativo.

O funcionário, que até esse dia demonstrava o máximo respeito pelo sr. Kramer, apontou o dedo na sua direção, sem pudor e sem mesuras. Com ódio no olhar e desprezo na voz, disse:

– É ele, o judeu Mendel Kramer, o que nos explora. Enquanto, a cada dia, ele fica mais rico, nós ficamos mais pobres.

Mendel ficou chocado ao ouvir essas palavras. Não fazia nem um mês, ele pagou do próprio bolso seis meses de aluguel atrasado desse funcionário, que tinha sido ameaçado de despejo. No ano anterior, arcou com um tratamento de visão para a filha dele, o qual, por ser caríssimo, o pai não podia pagar. Trabalhava na confecção havia anos, e agora entrava em sua sala com ódio e rancor, trazendo não apenas os inimigos dos judeus, mas os invasores do seu próprio país. "O inimigo do meu inimigo é meu amigo", possivelmente pensava esse funcionário invejoso.

Ele deu passagem para os quatro, que invadiram com prepotência o espaço de Mendel. O local era pequeno para tanta gente – um escritório funcional que abrigava uma escrivaninha de madeira escura, com um quadrado de couro verde no tampo, cujo objetivo era deixar a superfície mais macia, uma vez que Mendel passava o dia escrevendo e assinando papéis, com três fileiras de gavetas de ambos os lados, sua cadeira de trabalho, que uma almofada trazida de casa a deixava mais confortável, mais duas cadeiras na frente da mesa, uma mesinha de apoio à direita e, nela, uma calculadora, um telefone e uma máquina de escrever. Na parede lateral esquerda, um grande armário cheio de documentos, amostras de tecidos e livros sobre assuntos diversos. Completava a sala um cofre encostado na parede do fundo.

O oficial, o senhor de terno puído e os dois soldados armados olharam para os lados, examinando o pequeno espaço. Mendel continuava de pé, calado. Pressentia o que iria acontecer. Não precisava perguntar nem falar nada. Só restava aguardar pelas ordens.

O oficial da SS fez um sinal com os olhos na direção do batente da porta; um dos soldados tirou uma faca da cintura e arrancou de lá a *mezuzá*.[7] Quando o objeto caiu no chão, o soldado pisou em cima com força, esmagando o frágil metal, que se partiu, mostrando as entranhas tal qual um animal ferido. Dentro dele, um pergaminho de cor creme, escrito à mão, em hebraico. Os versos pediam proteção, mas perderam a força diante de tão violenta invasão.

Assim que o soldado tirou o pé da *mezuzá*, o antigo funcionário de Mendel, que continuava na porta, pegou o objeto estraçalhado, jogou o pergaminho fora e guardou o metal no bolso. "Esta prata deve valer alguma coisa", ele deve ter pensado. Mendel olhou para o homem, e seu sentimento passou da raiva para a estupefação. Tinha um inimigo trabalhando para ele, que só agora se revelava.

O oficial nazista ignorou a cena e andou pela sala com o peito estufado, olhando tudo com desdém, cutucando displicentemente com a ponta do chicote vários papéis e objetos. Alguns folhas caíram no chão. O alemão examinou os documentos em cima da mesa. Analisou o rosto semita de Mendel, que permanecia de pé, impassível. Pegou o porta-retratos com a foto dos filhos dele e, com extrema violência, quebrou-o na quina da mesa, antes que Mendel pudesse esboçar qualquer reação.

O senhor de terno se assustou, deu um pequeno pulo, mas nada falou. Permaneceu parado. Era um típico *Volksdeutsch*, ou seja, um polonês de origem ariana, muitas vezes um alemão de nascença que vivia na Polônia. Sorriso antipático, cabelo loiro ensebado, gordinho, baixinho, arrogante. Agora que estava próximo, era possível ver um broche da suástica no paletó encardido e amarrotado.

Mendel se mantinha imóvel. Procurava não demonstrar medo, mas o suor continuava a empapar sua camisa. Preocupava-se, pois sabia o que ia acontecer. Ninguém falava nada. O clima era de suspense. O oficial nazista deu uma volta na mesa, Mendel abriu passagem para ele. Quando fez um pequeno movimento para o lado, os dois soldados

---

[7] Pergaminho manuscrito com trechos da *Torá*, colocado no batente da porta de residências de judeus. Os invólucros são de prata, madeira ou plástico.

apontaram as armas para ele como se estivessem pronto para atacar. Ele, então, pensou que fossem atirar e começou a rezar o *Shmá Israel*.[8]

— Cale-se, judeu imundo! — gritou, em alemão, o oficial nazista.

Como entendia alemão, Mendel percebeu que não seria morto e se calou. Parou de rezar. O funcionário, que continuava na porta para presenciar o que fosse acontecer, sorria contente com a humilhação do ex-chefe. Todos os funcionários da confecção pararam de trabalhar e olharam para a sala através das grandes divisórias de vidro. A tensão reinava em todo o ambiente. Ninguém sabia se ele seria fuzilado imediatamente ou levado preso. Do lado de fora do escritório, não se ouvia nem um ruído. Todos olhavam sem piscar, com o coração batendo forte. Aguardavam os acontecimentos, e apenas o oficial nazista tinha a resposta.

Por fim, o oficial deu uma explicação. Ele falou em alemão com Mendel, apontando para o senhor de terno.

— O senhor Schmidt vai assumir sua confecção. Ele é um autêntico *Volksdeutsch*.

Os poloneses se olhavam sem saber o que o oficial havia falado, pois não entendiam o idioma. O *Volksdeutsch* olhou com um sorriso triunfante e desdenhoso para Mendel. De uma hora para a outra, sem esforço ou competência profissional, virou dono de uma grande confecção. Apenas por ser ariano e ter mexido os pauzinhos certos. Seu primo berlinense foi mandado para Cracóvia por ordem direta de Goering, o gordo e corrupto ministro da Força Aérea nazista, e, graças a um magnífico jantar preparado por sua esposa para recepcionar o primo protegido de Goering, tornou-se proprietário da fábrica que pertencia à família Kramer havia quatro gerações.

Naturalmente, no jantar regado a uma boa vodca polonesa, o sr. Schmidt prometeu ao primo que os alfaiates estariam à sua disposição para fazer os melhores ternos, e que, se alguma costureira o agradasse sexualmente, poderia dispor dela à vontade. Muito provavelmente Goering sabia também desses arranjos.

---

[8] Literalmente "Ouça Israel"; principal salmo judaico.

Mendel continuava parado, sem falar nada, sem se mexer, sem responder. As armas apontadas para ele, como se fosse um inimigo feroz. O funcionário, antes submisso, entendeu a troca de comando, mesmo sem entender alemão. Pelo olhar de felicidade do sr. Schmidt, ele percebeu que tinha um novo patrão, e fez uma mesura em sua direção. Rei morto, rei posto.

O oficial nazista então apontou para o cofre que estava no canto da sala.

– Abra!

Mendel se abaixou. Quando acabou de abrir o cofre, um dos soldados lhe deu uma coronhada. Ele caiu no chão, e sua testa começou a sangrar. Em seguida, o soldado pegou os itens guardados no cofre e os colocou em cima da escrivaninha. O oficial da SS nem olhou para Mendel caído no chão, sangrando. Examinou o conteúdo do cofre, pegou um pacote de dinheiro, enfiou-o no bolso do uniforme e depois falou para os soldados:

– Joguem o judeu fora!

O funcionário sorriu ao entender a ordem. O senhor alemão, novo diretor da confecção, continuava a olhar com desprezo para Mendel, que tentava estancar o próprio sangue com um lenço. Os soldados o ergueram e o empurraram para fora da sala. Todos os funcionários da confecção estavam reunidos perto do escritório para ver o que aconteceria. Imaginavam que ele seria fuzilado. Mendel caiu diante de um semicírculo formado por seus antigos funcionários, que o olhavam com um misto de desprezo e repulsa. Ninguém sentia pena nem se aproximava para ajudá-lo. Apenas abriam espaço. A testa continuava sangrando. Ninguém se mexia, ninguém ajudava. Uma ou outra costureira mais antiga parecia sentir pena, mas não ousavam socorrê-lo. Temiam a reação dos soldados alemães. Com esforço, Mendel se levantou, humilhado, arrasado, impotente. A roupa manchada de vermelho, o rosto coberto de sangue. O corte no supercílio fundo e dolorido.

Os funcionários abriram o semicírculo e formaram um corredor para lhe dar passagem, por onde ele caminhou cambaleante em direção à saída do galpão. Andava devagar, arrastando os pés, expulso de sua própria empresa, cabisbaixo, sentindo-se, de uma hora para outra, muitos anos mais velho. Mendel olhava para os empregados, mas eles desviavam o olhar... Ninguém tinha coragem de encará-lo. Três funcionários, entre eles o que levou os alemães para seu escritório, falavam mal, gritavam e cuspiam nele.

– Fora daqui, judeu!
– Pra rua, porco!

Mendel voltou para casa. Nas ruas, soldados alemães patrulhavam a cidade. Havia bandeiras nazistas hasteadas por toda parte. Como todos os judeus, ele não podia andar nas calçadas, somente na rua. Ao dobrar uma esquina, encontrou um grupo de jovens soldados alemães torturando dois judeus religiosos. Cortavam a barba deles com as baionetas, praticamente arrancando-a de suas faces, e depois os obrigavam a varrer a calçada com os pedaços arrancados. O grupo se divertia sob a complacência de um oficial. Alguns poloneses se divertiam assistindo à cena, outros olhavam aterrorizados e procuravam passar rapidamente pelo local. Por sorte de Mendel, os alemães se divertiam tanto que não perceberam sua presença. Ficava a cada dia mais perigoso para um judeu andar nas ruas, e poucos se arriscavam a sair de casa. Os poloneses olhavam para eles com desconfiança, e os alemães, com ódio.

Finalmente, ele chegou ao pátio do seu prédio. Uma construção sólida de pedra marrom do final do século XVIII, com um grande portão na frente e um amplo pátio interno, onde seus filhos brincavam antes da guerra tanto com os vizinhos judeus quanto com os não judeus. Agora, só as crianças não judias brincavam ali de pega-pega. Os garotos se assustaram ao ver Mendel sujo de sangue e pararam de correr. Antes de subir para o apartamento, ele procurou a torneira do jardim e lavou o rosto para não assustar a esposa e os filhos. O sangue escorreu pelas pedras, tingindo o chão de rubro. Um vermelho grosso, viscoso que se agarrava nas pedras e na terra. Ajeitou o cabelo, tentando melhorar a aparência. Sentou-se num banco do jardim interno. Descansava, respirava, procurava se recompor. Olhava para as árvores, que já estavam com as folhas secas do outono, mortas como sua Polônia. Mendel sabia que, em três meses, todas as folhas teriam caído, as árvores estariam secas, e o pátio, coberto de neve. Naquele ano, o inverno seria ainda mais frio e terrível, por causa dos nazistas.

Os meninos que brincavam no pátio se aproximaram devagar. Todos o conheciam. No Natal, ele sempre distribuía doces feitos por Clara para os meninos não judeus. Formaram um círculo em volta dele e o olhavam, curiosos. Crianças de dez anos, ainda indiferentes à guerra e à violência crescente. Olhavam para Mendel, para o paletó com a gola endurecida de sangue seco e para a camisa tingida de vermelho, o cheiro doce e desagradável do sangue.

Um dos meninos perguntou, inocentemente, se ele estava sangrando porque era judeu.

– Nem só os judeus sangram – respondeu Mendel, depois de alguns segundos de silêncio. – Infelizmente, todos vamos sangrar, poloneses judeus e católicos, mas vai correr mais sangue judeu. Deus tenha piedade de vocês, minhas crianças.

Os meninos começaram a se afastar lentamente e, como se o mundo continuasse a girar normalmente, voltaram à brincadeira de pega-pega, de bola, de esconde-esconde. Mendel se levantou e subiu devagar as escadas, com o peso de mil anos de judaísmo polonês nas costas. Quando a porta do apartamento se abriu, Clara se assustou e gritou tão forte que Ruth começou a chorar, não pela aparência do pai, mas pela reação da mãe. Chaim arregalou os olhos ao ver o pai machucado. Mendel, sem forças, procurava não demonstrar para a família o drama pelo qual tinha passado. Clara correu em sua direção, perguntando o que tinha acontecido, quem o havia machucado, fazendo uma enxurrada de perguntas sem dar tempo ao marido de responder. Por fim, ela se conteve, e ele conseguiu contar uma versão mais suave da história. A que escolheu para não preocupar demais sua família.

Enquanto Clara trazia o chá com mel num copo, velho hábito de Mendel, o filho foi buscar uma toalha molhada para que ele pudesse se limpar. Mendel contou que não havia acontecido nada grave. Tinha tropeçado na fábrica e, quando caiu, bateu a cabeça numa tesoura aberta na ponta da mesa; por isso, o corte tão fundo. A filha se manteve distante, assustada com a roupa suja de sangue do pai. Chaim se sentou ao seu lado, nervoso e preocupado. Clara ajudou o marido a tirar o paletó e a camisa, e colocou tudo numa tina para lavar mais tarde. Ruth abraçou a boneca, nervosa; abraçou tão forte que ficou com os nós dos dedos brancos.

– Está tudo bem, foi só um corte – disse Mendel, entre um gole e outro de chá.

Clara conhecia o marido havia muitos anos e sabia que ele não estava contando a história verdadeira. Ela trouxe uma camisa limpa, esperou que ele a vestisse, encheu novamente o copo com chá e adoçou-o com mel. Era assim que Mendel gostava, com mel. Por fim, ela insistiu para que ele contasse a verdade. Ele sabia que não poderia enganá-la por muito tempo. Era daquelas mulheres que sabiam o que o marido queria antes que ele mesmo soubesse. Sabia quando ele tinha fome, sede, frio, quando queria jantar fora, visitar os pais ou ir à sinagoga. Mendel nem precisou contar o que aconteceu.

– Eles tiraram a confecção de você, foi isso o que aconteceu, não foi, Mendel? Um *Volksdeutsch*? Por enquanto, foi só um corte, Mendel! Os alemães, com a ajuda dos poloneses, vão acabar com a gente. Isso foi só o começo!

Mendel tentava manter a família calma.

– Clara, a gente sabia que isso aconteceria, era só questão de tempo. Fizeram isso na loja do Itzach, do Nahum, do Jankel... É claro que chegaria a vez da Kramer & Kramer. Estavam só procurando alguém para assumir uma empresa maior. Cuidar de uma fábrica de roupas não é como cuidar de uma loja. É preciso ter experiência. Tenho certeza de que o sr. Schmidt, é esse o nome do novo diretor, logo, logo vai me chamar para ajudá-lo, e tudo voltará ao normal. Ele não entende nada de confecção. Vi como ele olhava para as máquinas, como se fossem bichos estranhos. Daqui a uma semana, quando a produção cair, ele vai me chamar, e tudo voltará ao normal.

Clara procurava se controlar para não assustar mais os filhos. Mas o jeito como falava era dramático. Ela não conseguia disfarçar as emoções. Seu olhar e o tom da sua voz revelavam muita preocupação. A pequena Ruth correu para os braços do pai em busca de proteção. Ele a abraçou, a beijou e a acariciou, tentando transmitir segurança.

— Mendel, os alemães vão confiscar na Polônia tudo o que os judeus têm, do mesmo jeito que fizeram na Alemanha! As sinagogas vão virar estábulos, as *Torás*[9] serão queimadas. E os poloneses vão ajudá-los a nos perseguir.

— Calma, Clara, vamos achar uma saída — Mendel procurava acalmá-la.

— Tenho medo de andar nas ruas. Os poloneses nos olham feio e cospem quando a gente passa. Não deixo mais o Chaim e a Ruth descerem nem para brincar no pátio.

Chaim abraçou a mãe. Para transmitir coragem ou para pedir proteção?

— Vi pela janela um grupo de alemães e poloneses baterem num judeu, e ninguém fez nada — Clara contava para Mendel, que se mantinha calado.

Chaim olhou na direção do pai e fez a pergunta mais difícil que Mendel poderia receber:

— Por que os poloneses estão fazendo isso com os judeus?

Mendel balançou a cabeça com tristeza e tentou explicar o que estava acontecendo para o filho, enquanto a filha continuava no seu colo, agarrada com força ao seu pescoço, choramingando.

— Os poloneses não gostam de nós; então, eles ajudam os alemães a nos perseguir. Só que os poloneses ainda não entenderam que hoje são os judeus, amanhã serão eles. Hitler quer transformar a Polônia num imenso campo de trabalho escravo.

Clara abraçou Chaim. A filha não entendia aquela conversa, mas ficou com tanto medo que acabou fazendo xixi no colo do pai. Quando ele sentiu o calor escorrer por suas pernas, começou a rir e a brincar com a filha, numa tentativa de mudar de assunto e melhorar o astral da família.

— Acho que o chá que a mamãe me deu está saindo pelos bolsos da minha calça! — ele brincou e, em seguida, levantou-se do sofá com a filha no colo e a entregou para Clara, que a levou para se lavar no banheiro.

Depois de despir a calça molhada e se lavar, Mendel tentou usar um argumento otimista para animar a todos:

---

[9] Livro de rezas.

— Tudo vai melhorar. É só questão de tempo. A França e a Inglaterra vão jogar os nazistas no Báltico assim que o inverno chegar, para que morram congelados!

Clara vestiu um pijama de flanela em Ruth. Um tecido cor-de-rosa estampado com pequenas flores amarelas. Enquanto ela vestia a filha, Mendel comentou que essas são as cores da esperança, o que todos precisavam e deviam acreditar. Em seguida, Clara colocou a comida na mesa. Nessa noite, Mendel cobriu a cabeça de Chaim e a própria com *quipás*, e rezou antes do jantar. Era hora de pedir ajuda a Deus.

Depois do jantar, Clara levou Ruth para a cama e se deitou com ela. A filha estava tão cansada com a agitação e a tensão do dia que, mal chegou à cama, já caiu em sono profundo. Dormiu abraçada à mãe, que se esforçava para não chorar.

Chaim ainda ficou um pouco mais na sala. Queria conversar com o pai, conversa de homem para homem, ele dizia. Afinal, já havia feito *bar-mitzvah*. Perguntou para o pai se era verdade que os alemães seriam derrotados e os judeus seriam salvos.

— Chaim, nós somos perseguidos há cinco mil anos. Os fenícios e os babilônicos desapareceram, mas nós estamos aqui. Sansão derrubou o templo dos filisteus e nos levou à liberdade. Davi venceu Golias. Escapamos dos egípcios e do faraó. Sobrevivemos aos romanos. Escapamos da Inquisição espanhola e da portuguesa. Vamos vencer de novo. Nós vamos vencer Hitler. Não vai ser fácil, mas vamos vencer.

Mendel se levantou, aproximou-se da janela e abriu um pouco a cortina para ver o que acontecia naquela noite tenebrosa – uma das piores noites desde que os alemães invadiram Cracóvia. Como sempre, ouviu barulhos de tiros, gritos em alemão, uma sirene distante. Apesar do toque de recolher, a rua continuava bem agitada.

— Filho, o futuro será duro e sofrido. Serão dias difíceis e noites perigosas. Mas, no final, venceremos. Pode ter certeza de que venceremos. Deus está do nosso lado.

Mendel continuou olhando para fora, tentando enxergar nas sombras da rua a figura do demônio que desceu à Terra. Clara deixou a filha dormindo no quarto e abraçou o filho. Chaim ficou orgulhoso com as palavras do pai, ajeitou a *quipá*, que ainda estava em sua cabeça, e estufou o peito como um menino corajoso.

— Pai, o que posso fazer para ajudar a vencer os alemães?

— É assim que temos de pensar, Chaim!

Mendel parou de olhar pela janela, virou-se e fitou os olhos azuis do filho, que brilhavam de coragem — azuis, como dizia sua mulher, da mesma cor que Deus usou para pintar o céu do outono polonês. As palavras animadoras do filho e seu olhar de luta fizeram Mendel mudar de atitude e partir para a ação. Decidiu que chegava a hora de começarem a se preparar para enfrentar as dificuldades. Elas virão, com certeza virão, por isso era melhor que estivessem preparados. Ele começou a dar ordens e organizar o que, anos depois, Chaim chamaria de primeiro ato de resistência da família Kramer. Era hora de arregaçar as mangas e se preparar para enfrentar o jugo nazista.

— Clara, junte todas as joias, tudo o que temos de valor e possa ser vendido no futuro. Vamos embrulhar os castiçais e os talheres de prata, os relógios. Vamos fazer um pacote bem resistente.

Mendel se virou para Chaim.

— Chaim, você vai pegar esse pacote que a mamãe vai fazer e enterrar lá embaixo, num canto do jardim do prédio. Mas cuidado! Não deixe que ninguém veja e marque bem o lugar para, no futuro, quando precisar, poder desenterrá-lo.

Clara começou a juntar as peças de valor e a embrulhá-las numa toalha de mesa com a ajuda de Mendel. Não era muita coisa. Ficaram só com as alianças de casamento. Ela tirou também os brincos e a *Maguen David*[10] de ouro do pescoço.

— Quando você descer, procure um pacote atrás da pilha de carvão no nosso porão — Mendel dá mais uma instrução ao filho. — Nele, tem uma máquina de costura que eu trouxe para casa no primeiro dia da guerra. Enterre-a em outro buraco, longe do embrulho das joias. Preste atenção: cada um em um buraco diferente.

---

[10] *Maguen David*: Estrela de Davi — estrela de seis pontas que simboliza o povo judaico.

– Por que tudo isso tem que ser escondido, papai?

– Deve ficar difícil por um tempo conseguir trabalho e ganhar dinheiro. O que temos aqui pode garantir nosso sustento até a situação melhorar. A guerra talvez dure um pouco mais do que esperamos. Podemos vender aos poucos esses objetos e comprar comida no mercado negro. Temos que garantir nosso sustento.

– E a máquina de costura?

– Quando a guerra acabar, Chaim, essa máquina vai nos ajudar a recuperar tudo o que perdemos.

Clara ajudou o garoto a vestir o casaco e pediu ao filho que tomasse cuidado. Entregou a ele o pacote com as joias e a prataria da família embrulhadas firmemente.

– Chaim – Mendel o chamou mais uma vez.

O filho olhou para o pai antes de abrir a porta.

– Lembre-se: não deixe ninguém ver o que você vai fazer. Ninguém! Nestes tempos de guerra, as paredes têm olhos e ouvidos.

Quando Chaim saiu, Clara perguntou a Mendel por que ele mesmo não levou o embrulho tão valioso para enterrar no jardim, uma vez que Chaim ainda era um menino para assumir tamanha responsabilidade.

– Clara, em primeiro lugar, Chaim tem de amadurecer rapidamente. Segundo, ele tem de saber exatamente onde vai esconder nossos pertences, pois provavelmente ele é quem vai desenterrá-los quando precisarmos desses recursos.

Chaim desceu as escadas, fazendo o mínimo de barulho possível. Os degraus rangiam baixinho, parecendo chorar pela Polônia ocupada. Ao chegar ao pátio, ouviu um cachorro latindo no prédio vizinho, passos de botas alemãs marchando longe e alguns tiros que também não pareciam próximos. Segurava firme o pacote, como se fosse um bebê que não pudesse cair no chão. Lembrou-se de quando segurava a pequena Ruth no colo. Aquilo parecia ser tão importante para a família Kramer quanto a pequena Ruth ao nascer.

Entre as sombras do pátio, felizmente bastante escuro pelo blecaute do lado de fora do prédio, Chaim andou escondido, à procura de um local para enterrar seu precioso tesouro. Achou o que considerava ideal.

Bem no canto, atrás de uma macieira. Foi até o depósito do prédio e voltou com uma pá. Imaginava-se como um pirata escondendo o butim numa ilha deserta, para onde um dia voltaria, a fim de desenterrar seu tesouro e viver como um rei, quem sabe na companhia de uma bela princesa como a rainha Esther.

Em silêncio, cavou devagar para não fazer barulho, mas, em vez de cavar o chão duro e frio do pátio, sua imaginação o levava para longe da Polônia ocupada. Imaginava que cavava a areia macia e quente de uma ilha no Caribe, como viu nas ilustrações dos livros de aventuras traduzidos do inglês. Tão distraído na sua ilha deserta e tão preocupado em não fazer barulho, Chaim não percebeu que, da janela de um apartamento no segundo andar, alguém que afastou um pouco a cortina o observava. Ele ainda era um garoto ingênuo. O discreto movimento na cortina e um olhar observador foram suficientes para que o vizinho entendesse o que ele fazia no pátio àquela hora da noite. O pirata cavou para esconder seu tesouro, só que o local não era mais secreto.

Quando o buraco ficou fundo o suficiente, Chaim ali depositou o pacote de joias e começou a repor a terra com cuidado. Arrumou bem o terreno para não deixar rastros. Depois de enterrar o tesouro, foi até o depósito de carvão para buscar a máquina de costura que seu pai havia escondido. Procurou outro local no pátio e voltou a cavar. Enquanto enfiava a pá com força na terra dura para esconder o segundo embrulho, perguntava-se por que o pai o havia mandado fazer isso. Que valor uma máquina de costura teria no meio da guerra? As joias e a prataria, ele entendia que fossem valiosas, mas uma máquina velha?

Quando precisarem de dinheiro, venderão as joias no mercado negro e comprarão comida para enfrentar os tempos difíceis. Mas uma máquina que costurava vestidos e camisas não fazia sentido para um garoto de treze anos. Não iriam encontrar tecido, linha e, provavelmente, compradores para essas roupas. Para que se dar ao trabalho de esconder uma máquina de costura? Mal sabia ele que essa seria uma das suas tábuas de salvação no futuro.

Chaim olhou para a palma das mãos, que doíam e ardiam de tanto cavar a terra. Bolhas se formavam rapidamente. Sua pele delicada não estava acostumada a esse tipo de trabalho. Mas, antes mesmo que essas bolhas cicatrizassem, outras bolhas nasceriam, e suas mãos ficariam calejadas pelo trabalho duro, pois esse seria o tipo de serviço que Chaim encontraria nos anos seguintes. Trabalho braçal. Desta vez, ele não se distraiu achando que era um pirata dos mares. O esforço de cavar, o suor escorrendo pela testa, a dor nas costas e nos braços o trouxeram para a dura realidade da guerra.

O estranho que observava Chaim, pensando que ele só tinha um pacote para enterrar e para não correr o risco de se revelar, não olhou mais pela janela.

#

Quando Anna voltou ao quartel para saber do corpo do marido, foi informada de que ele havia sido enterrado no próprio campo de batalha, e a única coisa que lhe deram foi seu capacete. Provavelmente, os alemães roubaram o crucifixo de ouro que ele tinha ganhado dos pais na primeira comunhão. Não houve enterro. Em memória dos soldados mortos, houve cerimônias coletivas nas igrejas. Sonja acompanhou Anna a uma dessas cerimônias. Parecia que toda a Cracóvia estava de luto.

– Você já chorou muito, Anna. A vida continua. Não pode ficar trancada em casa. Faz dias que você não sai. Não quero parecer insensível, sei o quanto você está sofrendo, mas precisa reagir – disse Sonja com confiança para animar a amiga. – Hoje à noite, vou buscá-la para você sair um pouco de casa. Acabou o luto.

Anna conteve as lágrimas, fazendo força para não chorar, e concordou com a amiga. Não adiantava ficar se lamentando. A guerra continuava, mas ela também tinha de seguir a vida.

Anna pegou a sacola, passou no mercado para comprar algumas batatas e voltou para casa. Ao passar pelo andar anterior do seu, encontrou a sra. Novak, e as duas se cumprimentam formalmente. A sra. Novak já morava com o marido naquele prédio muitos anos antes de Anna se mudar com Marek. Os dois eram bem mais velhos. Ele lutou na Primeira

Guerra e se orgulhava disso. Também achava que o país venceria o exército alemão. Quando os alemães chegaram a Varsóvia e Cracóvia, ele culpou a frouxidão dos jovens soldados e o complô dos judeus.

Quando falou mal dos soldados, Anna reagiu, pedindo respeito pela memória do marido morto. Ela foi até um pouco rude com o casal Novak, pois não admitia que falassem mal do exército polonês, pelo qual seu marido tinha dado a vida.

– Não aceito essa afirmação, sr. Novak. Nossos soldados lutaram heroicamente, mas foram vencidos pela força do exército alemão. Eram cavalos contra tanques, espingardas da Primeira Guerra contra metralhadoras. Mas coragem não faltou.

O sr. Novak percebeu que tinha tocado num ponto muito sensível, por um momento tinha esquecido que o marido dela morrera em combate, e tentou mudar o argumento.

– Também não podemos esquecer que os reforços ingleses e franceses não chegaram, sem contar o complô judaico contra a Polônia.

– Com isso eu concordo plenamente – disse Anna, sem entender muito bem qual era a culpa dos judeu-poloneses na capitulação da Polônia. Mas como ela tinha ouvido isso também na igreja, aceitou o fato e o argumento.

#

Hitler e os nazistas criaram várias mentiras para convencer o povo alemão a entrar numa nova guerra mundial. Uma delas era sobre "um complô judaico para conquistar o mundo". Para justificar a derrota na Primeira Guerra Mundial, culpavam os judeus, o eterno bode expiatório dos incompetentes. De nada adiantava dizer que os judeu-alemães lutaram a favor da pátria, foram agraciados com medalhas e reconhecidos como heróis nos campos de batalha. A culpa da derrota alemã era dos judeus. A crise econômica que se seguiu à derrota também tinha os mesmos culpados: os judeus, que especulavam e manipulavam a economia alemã. Por isso, o país estava na miséria, e uma espiral inflacionária corroía o marco alemão. Também era um complô mundial judaico-comunista que se preparava para conquistar o mundo, e só o nacional-socialismo poderia combater essa união espúria dos capitalistas judeus com os comunistas. Antissemitas do mundo todo aceitavam essas mentiras, e, na Polônia, muitos creditavam aos judeus a derrota polonesa frente aos nazistas. Faltava explicar por que os judeu-poloneses tinham ajudado os nazistas, seus inimigos mortais, a conquistar a Polônia.

#

Ao voltar da missa, Anna colocou água para esquentar e preparou um banho de imersão na tina onde também lavava as roupas. Chegava a hora de lavar o passado e olhar para o futuro. Enquanto a água esquentava, colocou as roupas de Marek numa caixa que, mais tarde, guardaria no fundo do armário. Recolocou o capacete no alto do armário da sala, onde Marek o deixava. Pegou a garrafa de vodca, encheu um copo com a bebida e o virou de uma vez só. Sentiu o álcool queimar a garganta e revigorá-la. Tomou mais uma dose. Tirou a roupa e entrou na tina. A água quente e as doses de vodca proporcionaram um relaxamento que lhe fez bem. Como a tina era pequena, ela teve de se encolher, e seus joelhos roçaram os seios. Fechou os olhos e começou a se lembrar do último dia em que viu Marek vivo. Lembrou-se de que antes de sair ele a pegou nos braços e lhe deu um beijo cinematográfico. Sem perceber, começou a se tocar, pensando no marido que nunca mais voltaria. Desde que Marek havia partido, era a primeira vez que sentia prazer. Sonja tinha razão. A vida continuava, não adiantava ficar chorando para sempre. A guerra vai trazer um período de dificuldade, e ela teria de se virar sem o marido. Com a Polônia ocupada, não ia ser fácil sobreviver. Terminou de tomar banho, ajeitou o cabelo, passou um pouco de maquiagem no rosto. Com seu vestido de fim de semana, esperava Sonja, que viria buscá-la. Quando se olhou no espelho, ficou contente de ver que ainda era uma mulher bonita. Não se achava mais uma velha viúva.

Ouviu uma batida na porta e a abriu para Sonja entrar. A amiga reparou em sua transformação.

— Você está linda, querida. Fazia muito tempo que não via você com esse brilho no olhar.

Sonja, como sempre, estava deslumbrante. Um vestido justo realçava suas formas e, quando tirava o casaco, via-se um decote insinuante. Anna era mais recatada, seu vestido também realçava suas formas, mas sem a sensualidade exuberante de Sonja.

Anna suspirou profundamente e falou para a amiga:

— Foram dois anos de casamento, sofri muito desde que ele foi para a guerra, e a notícia da morte me derrubou. Mas você tem razão, preciso olhar para frente. Não sabemos o que vai ser da Polônia, o que os alemães vão fazer, quando seremos libertados. Tenho de tocar a vida.

Sonja segurou na mão da amiga para reconfortá-la.

— Marek foi um bom marido. Eu tinha uma inveja saudável de vocês, um casal tão bonito! Felizmente não tiveram filhos. Imagine se você tivesse que cuidar de uma criança nesta situação, sem o Marek para ajudar.

— Não foi por falta de vontade. Nós queríamos muito um filho, meu sonho sempre foi ser mãe. Acabei não engravidando, mas vontade não faltou.

— Você é muito corajosa! Imagine ter um filho nos dias de hoje. Há anos que ouvimos os trovões da guerra — Sonja falou, espantada.

— Será que arrumarei outro marido? Ou vou morrer viúva?

— Homem para te dar um filho não falta! Quando chegar a hora, você vai encontrar alguém. Vá pegar seu casaco e vamos — disse Sonja, empurrando animada a amiga.

As duas desceram as escadas do prédio e, quando saíram para a calçada, o frio penetrou seus casacos. Ainda não era tarde, mas o inverno já deixava as ruas escuras. O frio assustava. A rua onde Anna morava era estreita, sem nenhum movimento. Mesmo na avenida onde desembocava essa rua não havia ninguém nas calçadas. Um ou outro carro alemão passava fazendo a ronda. Sonja segurava nos braços de Anna. No caminho, cruzaram com patrulhas a pé de dois ou três soldados alemães, que olharam e tentaram alguma aproximação, mas a língua era um obstáculo, e elas não lhes deram atenção.

Anna, que mal tinha saído na rua desde a morte de Marek, agora percebia as mudanças na sua cidade. Bandeiras nazistas e patrulhas alemãs por todos os lados. Mas o que mais chamava a atenção eram as lojas dos judeus: muitas fechadas e outras tantas saqueadas e destruídas. Não havia percebido isso até então.

– O que aconteceu com essas lojas? – ela perguntou para Sonja.

– Judeus – respondeu Sonja, como se isso fosse uma explicação suficiente.

– O que tem os judeus? – perguntou Anna.

– Você não ouviu as notícias?

– Não, Sonja. Desde que Marek morreu, me desliguei de tudo.

Enquanto as duas caminhavam de braços dados para se esquentarem, Sonja contava sobre as mudanças políticas na Polônia invadida.

– Os judeus são os responsáveis por essa guerra. Eles ajudaram os alemães a conquistar a Polônia.

– Mas os judeus são perseguidos pelos alemães! – exclamou Anna, confusa.

– Porque agora eles se uniram aos comunistas. Então, os alemães deram ordens para restringir a circulação dos judeus e confiscar suas riquezas.

– Mas você disse que os judeus ajudaram os alemães a conquistar a Polônia. Por que agora se uniram aos russos? – perguntou Anna mais confusa ainda com a explicação.

– Assim são os judeus! Não se pode confiar neles. Primeiro ajudam, depois traem pelas costas. Temos de tomar muito cuidado com eles. Os alemães estão fazendo isso por nós.

As duas chegaram ao bar escolhido por Sonja. O local tinha o ar azulado de tanta fumaça, e Anna percebeu que ali havia muito mais mulheres do que homens. Com certeza, viúvas como ela. A guerra! Elas penduraram os casacos e se sentaram em uma pequena mesa com duas cadeiras. As outras mulheres do bar olharam para elas com desconfiança, como se estivessem ali disputando algo. O espaço ou os homens. Como Sonja sempre gostou de se exibir, começou a falar e rir alto. Anna permaneceu mais contida e discreta. Não gostava de chamar a atenção. Os poucos homens do bar eram mais velhos que elas. Anna imaginou que todos fossem casados e que tinham deixado as esposas em casa, mas isso não parecia incomodar Sonja, que distribuía olhares para todos os lados. Ela era, provavelmente, a mulher mais bonita do lugar, o que fazia dela o ponto de atração.

Não demorou muito e dois poloneses se aproximaram com uma garrafa de vodca e ofereceram às amigas. Anna ia recusar, mas Sonja aceitou imediatamente. Os dois puxaram duas cadeiras e se sentaram com elas. Ambos aparentavam ter mais de cinquenta anos, mas Sonja não ligava para isso. Encheram os copos de vodca e começaram a conversar. Escandalosa, Sonja ria alto e se divertia, enquanto Anna tentava relaxar e participar do grupo. Não deixavam os copos ficarem vazios. Depois de algum tempo de conversa, um dos homens tentou beijar Sonja, mas ela espertamente se desvencilhou dos avanços sem ser rude. O que ela queria, entendeu Anna, era apenas alguém para pagar a vodca. A cada investida, uma escapada estratégica e mais um copo de vodca. Um jogo que Sonja sabia jogar bem. Para sorte de Anna, o homem que se interessou por ela era mais recatado e não tentou nada. Ela não saberia como reagir. Sonja sabia como agir, aproveitou a animação do seu par e sugeriu comerem alguma coisa. Imediatamente, ele fez sinal para o garçom, e os quatro pediram comida.

Anna não se surpreendia com a desenvoltura da amiga. Sonja sempre foi assim e sabia tirar proveito da sua beleza. De vez em quando, ela deixava que seu acompanhante lhe desse um beijo ou permitia uma mão mais indiscreta, o suficiente para que nada acontecesse e para que ele não fosse embora. Um jogo de gato e rato, do qual ela tinha total controle. Anna não possuía essa habilidade. Conseguia evitar que o outro homem tentasse algo mantendo uma distância fria e formal.

Subitamente, o barulho no bar cessou por completo. A razão foi a entrada de dois oficiais nazistas. Todos os olhares convergiram para a porta. Os dois entraram e foram para o balcão. As pessoas abriram espaço para eles, evitando o contato físico. O silêncio continuava. Ninguém falava nada. Anna sentiu as faces ficarem vermelhas de ódio. "Foram eles que mataram meu marido", pensou, "e agora vêm aqui beber como se nada tivesse acontecido". Anna olhou para os lados na esperança de que algum polonês atacasse os dois oficiais, mas nada aconteceu.

Depois de alguns minutos, as conversas recomeçaram, o burburinho retornou e a música voltou a tocar. Anna não se sentia bem. Não acreditava que os nazistas estivessem ali com se nada tivesse acontecido, como se a Polônia não fosse um país invadido. Sonja não parecia se incomodar com isso e voltou ao jogo de gato e rato. O bar inteiro parecia não se incomodar. O garçom serviu os dois alemães que conversavam entre si e pareciam bem alegres. Os pensamentos de Anna foram para longe. O marido morto na guerra, as lojas dos judeus destruídas, os invasores bebendo no bar, Sonja se aproveitando da situação. Um grito em alemão de repente a fez despertar de suas divagações.

– *Jude!*

Um dos oficiais tirou o revólver e apontou para um homem que estava sentado no canto do bar.

Com a arma na direção do homem, acusou-o de ser judeu e chamou-o para perto de si, falando algo em alemão que ninguém entendeu.

O homem se levantou tremendo de medo, colocou as mãos para cima e, enquanto caminhava na direção do oficial nazista, explicou em polonês que não era judeu.

– Não, são sou judeu, sou católico, polonês e católico, não me mate – falou com a voz tremendo. – Tenho documentos.

A cena chocou a todos que a assistiam horrorizados. Um homem de mais de quarenta anos chorando e implorando para não ser morto. Os dois alemães apontavam as pistolas na direção dele como se fosse um inimigo armado e perigoso. Os clientes do bar se afastaram do homem como se ele tivesse alguma doença contagiosa. Mesmo os que o conheciam tinham medo de falar algo em sua defesa e serem acusados de proteger um judeu.

– *Jude, jude!* – repetiam os alemães.

– *Nein, nein* – respondeu o homem apavorado, tentando falar alemão.

Ninguém no bar interferiu. Quando ele chegou perto dos alemães, um deles encostou a arma em sua testa e ordenou que se ajoelhasse. Todos esperavam que ele fosse executado ali mesmo.

Todos estavam assustados, mas Anna, que presenciava uma cena assim pela primeira vez, era visivelmente a mais atordoada. Ainda não tinha visto como os alemães perseguiam os judeus e como os tratavam sem nenhuma piedade. Esperava que alguém fizesse alguma coisa, ajudasse o pobre homem a escapar, mas ninguém falava nada.

De repente, uma mulher entrou pela porta dos fundos, vindo do banheiro. Deu um grito de pavor ao ver o marido de joelhos com uma arma na testa. Correu em sua direção, gritando que ele não era judeu, que era seu marido, polonês. Um dos alemães apontou a arma na direção dela e não a disparou por pouco. Ela percebeu o risco que também corria.

– Vamos, mostre para ele que você não é judeu – falou com determinação para o marido.

O homem saiu do pânico que havia tomado conta de si e conseguiu reagir. Devagar, para não irritar os alemães, colocou a mão no bolso e tirou um documento, que mostrou para os oficiais. Um deles o examinou com asco e não acreditou em sua autenticidade.

– Este documento é falso – disse ele, jogando o papel para longe. Puxou o carregador da arma e a deixou engatilhada.

Apavorado, o pobre homem começou a desabotoar a braguilha da calça sob a mira do oficial nazista. Tremendo e chorando, deixou-se examinar intimamente pelos dois alemães. A cena foi de um constrangimento enorme para todos. Homens e mulheres se sentiram humilhados. Anna virou o rosto, sentindo o estômago embrulhar. "Isso não pode estar acontecendo", pensou. "Ele é polonês, como pode ser tratado assim e ninguém reagir?"

Os alemães se deram por satisfeitos ao confirmar que o homem não era judeu e guardaram as armas. Os clientes e funcionários do bar respiraram aliviados, e a movimentação foi retomada. O homem se levantou devagar, tentando se recompor, enquanto sua mulher o abraçava, chorando. E, como que para se isentarem do erro, os dois oficiais alemães ofereceram a ele uma dose de vodca, que ele tomou de um gole só. Deram um tapinha em suas costas, disseram-no para relaxar, como se nada tivesse acontecido, como se por muito pouco ele não tivesse tomado um tiro na testa.

Anna perguntou baixinho para Sonja o que isso tudo significava.

– Os judeus não podem sair de noite nem frequentar bares. E têm que usar uma estrela no braço. Se ele fosse judeu, teria morrido na mesma hora – ela falou sem emoção, apenas dando uma explicação.

O homem que tentava agarrar Sonja fez um comentário do qual ela riu:

– Coitado, ele parece judeu. Com essa cara, vai ter muitos problemas na Polônia.

Seu amigo e Sonja riram. Anna não conseguiu achar graça na situação. Seu estômago continuava nauseado, e a vontade dela era ir embora para casa.

· 5 ·

Ninguém se preocupava com os judeus, nisso Clara tinha razão. Os ingleses e franceses vinham se preparando para a guerra, mas estavam muito aquém do poderio da Alemanha nazista. Só a marinha inglesa podia enfrentar os alemães de igual para igual, mas a infantaria e a aeronáutica não eram páreo para a Wehrmacht e a Luftwaffe, e as duas potências aliadas preferiam se movimentar nos bastidores dos gabinetes e ministérios, exigindo inutilmente que Hitler abandonasse seu plano de expansão para o leste. Para a Inglaterra, o Canal da Mancha seria uma defesa natural contra os nazistas, mas pagou caro por isso, pois Londres sofreu pesados bombardeios aéreos. A França tinha a linha Maginot, que acreditava ser instransponível, mas a estratégia foi um fracasso. Declararam guerra, mas tinham medo de atacar os nazistas, e ficaram na defensiva.

Quando a França foi atacada, a resistência contra a Blitzkrieg[11] *alemã durou apenas quinze dias. Paris foi conquistada em menos tempo que Varsóvia. Numa das previsões mais ingênuas da história moderna, as grandes potências da Europa achavam que Hitler iria se contentar com Polônia, Áustria e Tchecoslováquia. Pensaram que era melhor perder os anéis do que os dedos. E, afinal de contas, os poloneses eram eslavos, não eram europeus. Perderam os anéis, os dedos, as mãos e grande parte dos braços. O primeiro-ministro inglês, Neville Chamberlain, e seu correspondente*

---

[11] Guerra relâmpago.

francês preferiam argumentar com Ribbentrop, o poderoso ministro das relações exteriores nazista, no conforto dos palácios, em vez de mandar os exércitos enfrentarem os alemães nos campos de batalha. Como se fosse possível argumentar com Hitler e seus asseclas. Na ausência de ataques, os alemães consolidaram suas posições, continuaram a fortalecer o exército e prepararam novas frentes de combate.

#

Diante da sequência de más notícias dos últimos dias, o casal Kramer conversou sobre que atitude adotariam. Clara, mais pessimista, acreditava que deveriam fugir o quanto antes. Para o oeste era impossível. Ficava a Alemanha. Então, teria que ser para o leste, para a Rússia, a Ucrânia ou a Romênia, como alguns parentes seus tinham feito. Mendel achava isso uma loucura, ainda mais porque o frio do inverno piorava, e, no seu otimismo, achava que a situação iria melhorar ou, na pior das hipóteses, estabilizar até a vitória contra os nazistas – era só uma questão de tempo.

– Os ingleses e franceses estão se preparando para atacar a Alemanha. Quando isso acontecer, os alemães terão que sair da Polônia para defender suas fronteiras na frente oeste – argumentava Mendel.

#

Muitos judeus fugiram para o leste, como também queria Clara. Não que a situação nesses países fosse boa, mas, naquela altura dos acontecimentos, a Alemanha ainda não havia invadido a Rússia, e os grupos de extermínio ainda não assassinavam judeus no front do leste. Alguns judeus que fugiam da Polônia chegaram até as estepes siberianas, procurando ir o mais longe que conseguissem da frente de combate, dos invasores nazistas, e foram trabalhar em minas de carvão; um trabalho extenuante, mas que possibilitava a sobrevivência.

Quando os alemães invadiram a Ucrânia, a Rússia e os países bálticos, os judeus começaram a ser exterminados, fuzilados pelos grupos de extermínio nazistas. Esses grupos acompanhavam o exército regular alemão e tinham a função de juntar os judeus das cidades conquistadas, levá-los para as florestas e metralhar homens, mulheres e crianças. Uma carnificina nunca antes vista na história. Os grupos de extermínio, Einzatsgruppen *em alemão, chegaram ao absurdo de assassinar a tiros aproximadamente um milhão e meio de civis indefesos no Leste europeu. Não era fácil para os judeus sobreviver aos seus algozes. Os irmãos Gartner são um testemunho dessa tentativa de escapar dos nazistas. O caçula, Julio, ficou em Cracóvia, e acabou preso em campos de trabalhos forçados. Seus dois irmãos fugiram para a Rússia, mas a situação lá também era muito difícil, e um deles voltou, sendo também confinado em campos de concentração e trabalho escravo. Milagrosamente, cada um a sua maneira, os três sobreviveram ao Holocausto. Depois da guerra, foram morar no Brasil.*

Junto com a posse de Hans Frank e a expropriação das empresas e propriedades judaicas, vieram duras leis raciais contra os judeus. Cartazes pendurados nos postes, boletins lidos nas rádios e publicações nos jornais divulgavam as novas regras que os judeus deveriam seguir e as penalidades para os poloneses que não cooperassem. Aos judeus, era proibido tudo, e tudo era punido com a morte. Se algum polonês ajudasse um judeu, também seria fuzilado. Os judeus não podiam mais ter propriedades, dinheiro, casar com não judeus, exercer profissões liberais, estudar, andar nas calçadas... Receberam uma série de restrições, as mesmas praticadas na Alemanha a partir de 1935. Os judeus da Polônia também foram obrigados a usar a estrela amarela costurada visivelmente na roupa.

#

Fechava-se o cerco. O pessimismo de Clara começou a vencer o otimismo de Mendel. A corda apertava o pescoço dos judeus e não surgia nenhuma luz no fim do túnel. Poucos meses depois do início da guerra, o apartamento da família começou a mostrar os sinais da dificuldade. A mesa da sala de jantar não existia mais. Tinha sido vendida para comprar comida no mercado negro. As cortinas e o estofado dos sofás estavam manchados e sujos, pois mantê-los limpos custava caro e o dinheiro ficou reservado para os itens de primeira necessidade. As paredes também mostravam as marcas de quadros que não estavam mais pendurados. Sempre que podia, Mendel vendia alguma coisa do apartamento para ter dinheiro em casa. O que estava em sua conta no banco foi confiscado, todo o dinheiro que eles tinham vinha dos objetos que esporadicamente conseguiam vender.

Os meses passavam rapidamente e com agonia. Cada dia era uma nova e desagradável surpresa. Ruth era outra menina. Desde que os alemães invadiram a Polônia, fechou-se num mundo à parte. Brincava em silêncio com sua boneca, alheia a tudo. Chaim passava horas lendo, já que não frequentava mais a escola nem saía às ruas.

Faltando poucos minutos para o toque de recolher dos judeus, Mendel ainda não havia voltado para casa. Nervosa, Clara andava de um lado para outro da sala, e a cada segundo olhava pela janela, com a esperança de ver chegando o marido. Ela, que sempre se preocupou com a aparência, agora estava abatida, mal arrumada, a roupa mal jogada no corpo e os cabelos despenteados. Na manga dos casacos de Chaim e de Clara, a faixa com a Estrela de Davi. Ruth não precisava usá-la, porque ainda não tinha doze anos.

A porta da sala se abriu, e Mendel entrou. Sua aparência era assustadora, pior do que a de Clara. Ele, que sempre se vestia com muita elegância, o laço da gravata perfeito, os sapatos lustrados, parecia um *shnocher*, um mendigo. A roupa já velha, o cotovelo do paletó puído, a barba crescida e malfeita, os sapatos gastos e sem graxa. No entanto, Mendel, eterno otimista, trazia um sorriso nos lábios. Alegre, sorriu para Clara, balançando na mão um pedaço de papel. Clara correu para abraçá-lo, com os olhos marejados.

– Por que você demorou tanto? – ela perguntou.

– Consegui! Consegui! Veja, Chaim! Uma identidade falsa para você! – exclamou Mendel, entusiasmado.

Mendel balançava o documento nas mãos como se fosse um troféu, as tábuas da lei, a coisa mais importante do mundo. Chaim largou o livro e correu para ler o que seu pai tinha trazido com tanta alegria. Agarrou o documento e o beijou como beijaria o livro sagrado. Chaim leu sua nova identidade com cuidado.

— Meu nome agora é Jan Pavel e tenho dezoito anos! Viu, mamãe, um nome polonês e cristão. Com isso poderei trabalhar – falou Chaim, alegremente, e Clara contornou o filho e o marido com os braços.

— *Mazeltov*! *Mazeltov*![12] – os três gritaram juntos, enquanto se abraçaram e pareciam dançar.

Chaim olhou para a própria foto no novo documento, releu, passou o dedo com cuidado no papel, como se estivesse tocando as asas delicadas de uma borboleta. Ele sorriu com o documento na mão, um passaporte para a sobrevivência.

— Agora posso trabalhar e ganhar dinheiro para toda a família!

Mendel esfregou a mão na cabeça do filho, despenteando os cabelos loiros, falando com bom humor:

— Os poloneses sempre disseram que você não parece judeu, não é? Agora isso serve para alguma coisa. Com esses cabelos loiros e esse documento falso, ninguém vai dizer que você é judeu.

Chaim sorriu contente para o pai.

— Vou trabalhar como um polaco!

— Mas cuidado, filho. Se alguém o reconhecer, vai denunciá-lo! – Clara advertiu, assustada como sempre.

— Mamãe, nenhum polonês ou alemão vai conseguir me pegar. Eu sou mais esperto do que eles! – Chaim olhou para a foto no documento e demonstrou otimismo para a mãe. – Olhe, mamãe, aqui diz que sou polonês, e não judeu! Jan Pavel, tem nome mais polaco do que esse?

#

A vida dos judeus tinha se tornado extremamente difícil, já que não podiam mais trabalhar e que seu dinheiro fora confiscado. Um documento falso era praticamente a única alternativa para sobreviver, conseguir algum trabalho e cartões de racionamento. Para os poloneses, era um pouco mais fácil, mas também enfrentavam uma vida dura. Os alemães controlavam o país com mãos de ferro, combatiam a pouca resistência, prendiam,

---

[12] Parabéns.

torturavam e matavam qualquer suspeito. Confiscavam a produção das fazendas para alimentar suas tropas e também para mandar para a Alemanha. Tudo estava racionado – manteiga, carne, trigo, até mesmo material para aquecer as residências no inverno.

#

Mas a vida seguia seu curso. A população tentava manter o país funcionando na medida do possível. Anna trabalhava numa loja de roupas femininas e ganhava o suficiente para comprar comida e aquecer um pouco a casa. O que tinha testemunhado naquele bar foi o primeiro de uma série de incidentes que iriam chocá-la. Para ela, a humilhação do polonês ao tirar as calças para provar que não era judeu talvez fosse o pior estágio a que um ser humano pudesse chegar, mas ela veria coisas muito piores nos anos seguintes. Isso foi transformando sua personalidade. Se, antes da guerra, já era uma mulher sensível, foi ficando cada vez mais frágil ao testemunhar tantas injustiças.

A guerra também potencializava o lado ruim das pessoas. Anna ficava cada vez mais surpresa ao ver como Sonja se comportava. Sua amiga sempre usou o charme e a beleza para conquistar vantagens materiais e privilégios, mas em tempos de paz essas atitudes não tinham maiores consequências, não prejudicavam ninguém. Era apenas um joguinho de ganha-ganha. Na guerra, o pior das pessoas aflorava. Para alguns, tratava-se da sobrevivência; para outros, de conseguir vantagens que pudessem ser úteis no futuro.

Anna ficou muito chocada quando viu pela primeira vez os judeus nas ruas de sua Cracóvia usando a estrela amarela costurada nos casacos. Estava a caminho da loja onde trabalhava e, ao virar uma esquina, deu com um grupo de garotos que pareciam ter cerca de quinze anos, assustados e caminhando juntos, com a estrela amarela no braço. Andavam na rua, e a princípio isso não chamou a atenção dela. Olhavam para baixo, com medo de encarar qualquer pessoa. Anna passou por eles e, mais do que sentir pena dos meninos, sentiu vergonha.

Da sua casa até a loja, eram mais de dez quarteirões numa avenida movimentada, onde passavam os bondes. Os poloneses que tinham carro evitavam utilizá-los, pois o diesel estava sendo racionado. Assim, como os bondes estavam sempre cheios, ela preferia caminhar. Além disso, economizava a passagem. Os carros que cruzavam as ruas eram na maioria de oficiais alemães ou de combate patrulhando as ruas. Nos prédios e nas paredes, a suástica estava sempre visível. Grupos de soldados também eram vistos em todos os lugares. "Não é mais a minha cidade", pensou Anna.

Como Cracóvia antes da guerra contava com uma grande população judaica, os judeus eram vistos em todas as partes, mesmo que fosse perigoso para eles andar nas ruas. Eles precisavam sair de casa para conseguir alguma comida, vender alguma mercadoria no mercado negro, respirar um pouco. Era perigoso e arriscado, mas não tinham alternativas. Foi então que Anna se deu conta de que os judeus não andavam na calçada, mas apenas na rua, disputando espaço com bondes e carros. E foi assim que soube que os judeus haviam sido proibidos de andar nas calçadas.

Ela apressou o passo para chegar logo na loja e se sentir segura entre quatro paredes. Apesar de ser polonesa, não se sentia bem andando nas ruas. O clima era pesado e tenso. As pessoas andavam apressadas, de cabeça baixa, mesmo os conhecidos trocavam cumprimentos discretos. Estava a um quarteirão da loja quando presenciou uma das piores cenas até então. Dois soldados alemães pararam um casal de velhos judeus que caminhava com muito custo e visivelmente com muito frio. Primeiro, mandaram que os dois se ajoelhassem, o que fizeram com dificuldade devido à idade. Os soldados deram as ordens com uma agressividade que assustou Anna. Eram apenas dois velhos, jamais poderiam ameaçar os tão bem armados soldados alemães. Em seguida, mandaram que esvaziassem os bolsos, pois sentiam nojo de tocar nos dois velhinhos. Como não mostraram nada, os soldados não se deram por satisfeitos e pararam um polonês, ordenando a ele que revistasse os bolsos deles. O polonês enfiou a mão nos bolsos do velho e ficou alegre quando achou algo. Tirou um anel de ouro com uma pedra vermelha e entregou solicitamente ao soldado alemão, que imediatamente sacou a pistola e atirou na testa do velho. Simples assim. Ele desabou no chão, formando uma poça de sangue vermelha e grossa.

Sua esposa caiu deitada sobre ele, chorando compulsivamente e gritando seu nome. O polonês pareceu não se abalar com isso e apenas aguardou um pouco, com a esperança de que o soldado lhe desse alguma recompensa; o que não aconteceu. Os soldados colocaram as armas no coldre e continuaram a caminhar como se nada tivesse ocorrido. O polonês resmungou alguma coisa, chateado por não ter ganhado nada em troca de ter encontrado a joia, mas suas críticas foram dirigidas aos judeus, não aos alemães. Ele então virou as costas e foi embora.

Anna olhava para a senhora que sacudia o marido na esperança de que ele voltasse à vida, mas seu sangue escorria tanto que tingia os paralelepípedos. Os poloneses que passavam olhavam a cena, mas nada faziam, apenas se desviavam do caminho. Anna precisou se apoiar na parede de um prédio para se restabelecer. Sentiu ânsia de vômito. O chão pareceu sumir. Ela lutava para que suas pernas a sustentassem de pé. Foi então que entendeu por que se sentia tão mal: impotência. Total incapacidade de fazer algo, de tomar alguma atitude, de esboçar uma reação. Tinha de ser apenas uma simples expectadora dos fatos, como todos. Não podia nem ajudar a pobre senhora. Alguns judeus surgiriam logo e ajudariam a levar o corpo para o cemitério.

Com muita dificuldade, Anna conseguiu chegar à loja. E estava tão pálida!

– O que aconteceu? – perguntou-lhe a dona da loja.

– Acabei de presenciar uma cena horrível – ela respondeu, assustada. – Um soldado alemão deu um tiro num senhor judeu na minha frente.

– Ele provavelmente teve um motivo para matar o judeu – disse a dona da loja sem esboçar nenhuma emoção, para surpresa de Anna.

.6.

A situação da família Kramer e dos judeus da Polônia deteriorava-se tão rapidamente quanto o rio Vístula corria cortando a cidade de Cracóvia. Vez ou outra, o corpo de um judeu passava boiando em suas águas – consequência de um ato desesperado de suicídio ou de ter sido baleado por um alemão e jogado no rio. Segundo as ordens do governador-geral Hans Frank, mais de cinquenta e três mil judeus foram removidos de Cracóvia nos primeiros meses da invasão alemã. Apenas quinze mil restaram. A família Kramer, milagrosamente, estava entre eles, apesar de nenhum membro ter permissão oficial para trabalhar, e isso era condição sine qua non *para permanecer na cidade.*

Os alemães consideravam Cracóvia a cidade mais bonita da Polônia, e por isso ela foi escolhida para ser a sede do governo. Assim, os nazistas queriam ver a cidade livre dos judeus o mais rápido possível. Em 1941, ainda não havia sido implementada a organização industrial do genocídio, chamada posteriormente de "Solução Final do Problema Judeu", ou seja, os judeus ainda não eram sistematicamente assassinados. Eram, por enquanto, reassentados em outras cidades.

E a sessenta quilômetros de Cracóvia ficava a cidade polonesa de Oswiecim, que os alemães chamavam de Auschwitz. Por estar em uma região de certa maneira central da Polônia e por sua excelente malha ferroviária, ali foi construído o que se tornaria o maior campo de extermínio de todos os tempos, onde um milhão e meio de seres humanos seriam mortos, dos quais um milhão e cem mil eram judeus. Era ali o famoso complexo Auschwitz-Birkenau, como ficou conhecido.

No entanto, àquela altura dos acontecimentos, os nazistas usavam o antigo quartel de Oswiecin apenas como campo de prisioneiros políticos e de guerra poloneses. A vida em Auschwitz já era um inferno e um terror constante mesmo antes de as câmaras de gás e os fornos crematórios terem sido construídos e os judeus serem enviados em massa para a morte. Isso aconteceu a partir de 1942, depois de realizada a Conferência de Wansee. Em 20 de janeiro de 1942, no subúrbio berlinense de Wansee, 15 autoridades civis e militares alemãs se reuniram para planejar, organizar e executar o assassinato em massa de judeus. Criaram o silogismo "Solução Final do Problema Judeu" para evitar a palavra "assassinato". Surpreendentemente, participaram dessa reunião secreta Roland Freisler, Ministro da Justiça, Wilhelm Stuckart, Ministro do Interior, Erich Neumann, Ministro do Planejamento, entre outros bem colocados no governo alemão. Apesar de todos os cuidados em não deixar provas, uma cópia da ata dessa reunião foi posteriormente descoberta.

#

Alguns meses depois de conseguir o falso documento que o identificava como polonês, Chaim trabalhava arduamente como pedreiro em uma construção. Estava magro, abatido, com as roupas rasgadas e sujas. As mãos calejadas nem pareciam as mesmas que pegaram numa pá poucos meses atrás para cavar um buraco e que por isso ficaram cheias de bolhas. A pele agora estava dura, e as unhas, sujas. Ainda era um garoto, mas precisava trabalhar pesado como um adulto. Carregava tijolos com um grupo de homens, todos poloneses e bem mais velhos do que ele. Chaim, claro, não usava a Estrela de Davi. Ele se fazia passar por um não judeu. Apesar do frio, vestia apenas uma camisa e o paletó de lã que era do pai, com a manga sobrando muito no braço.

– Ei, garoto, como você se chama? – perguntou um polonês que carregava tijolos ao lado dele.

– Pavel, Jan Pavel – respondeu ele, escondendo sua verdadeira identidade.

O polonês, que tinha idade para ser seu avô, alto e forte, era simpático com Chaim, e até o ajudava a equilibrar os tijolos. Esse contato surpreendeu o garoto, uma vez que, desde que a guerra havia começado, os poloneses estavam muito mais reservados. Chaim observou que ele tinha um bigode bem grande, enrolado nas pontas, e decidiu que, assim que seu bigode crescesse, iria deixá-lo como o dele, pois era um típico bigode polonês e seria mais um disfarce para sua falsa identidade.

– Janeck, você tem o mesmo nome do meu filho. Ele morreu na guerra logo que os alemães invadiram a Polônia. Estava servindo o exército e foi atingido pelo canhão de um Panzer – contou o polonês, emocionado. – Depois que a guerra levou meu filho, sofri tanto que minhas lágrimas desapareceram.

Chaim não fez comentários. Não sabia o que dizer. Achou melhor se calar e carregar os tijolos.

– Antes da guerra, eu era professor – continuou o polonês. – Dava aulas de Química. Agora, carrego tijolos nas costas para construir um abrigo para os alemães se protegerem. E acendo uma vela para o meu filho todos os dias.

Chaim permaneceu calado. Balançou a cabeça e continuou com seu trabalho.

Então, o polonês mudou seu comportamento. Parou de carregar os tijolos, ficou vermelho de ódio e falou entredentes, com o vasto bigode cobrindo os lábios.

– E sabe de quem é a culpa, Janeck? Sabe de quem?

Chaim-Janeck não respondeu, apesar de antever a resposta.

– Dos judeus! Dos malditos judeus! Esta guerra é culpa dos judeus! Meu filho morreu por causa dos judeus. E eu perdi meu emprego de professor por causa dos judeus. Se não fosse por eles, a Alemanha não teria invadido a Polônia, meu filho estaria vivo, e eu ainda estaria dando aulas.

Chaim ficou apavorado, mas tentou se controlar. Sentiu o coração disparar, como se ameaçasse sair do peito; sentiu a pulsação na garganta, a cabeça doendo. Não queria ficar vermelho, não queria demonstrar medo, sabia que se o polonês descobrisse que era judeu esmagaria sua cabeça com um tijolo – e os alemães ainda o agradeceriam por isso.

Procurava não pensar nisso, devia se concentrar nos tijolos, carregar os tijolos, nada mais. Nada falar, nada responder. Só trabalhar.

– Você não concorda, Janeck?

A insistência do polonês o deixou numa situação complicada. Sua garganta estava tão seca que ele não conseguia falar. "Será que o polonês desconfia de algo e está me testando? Será que já me conhecia de algum lugar e vai me denunciar?", pensava. O polonês agarrou a gola do paletó de Chaim. Tudo estava perdido! Mas a atenção do polonês foi, de repente, desviada por um grupo de judeus que passava, escoltado por soldados alemães. Todos abatidos, fracos, magros, sujos. Andavam devagar, desanimados, arrastando os pés.

O polonês soltou a gola do paletó de Chaim para olhar aquele grupo maltrapilho e, agora sim, havia encontrado os verdadeiros inimigos, os culpados pela "invasão da Polônia e pela morte do filho". Esses judeus esfomeados, na perspectiva do professor de Química, eram os responsáveis pela loucura nazista. Os soldados os empurravam a golpes de cassetetes ou a coronhadas de espingardas, e o polonês aproveitou para jogar um pedaço de tijolo no grupo. Acertou a cabeça de um dos judeus, que começou a sangrar. Um soldado alemão olhou na direção de onde veio o tijolo e apenas riu. Em seguida, os outros poloneses que trabalhavam na obra seguiram o exemplo do professor de Química e começaram a jogar pedras nos judeus, que, para se proteger, levavam as mãos à cabeça. Chaim ficou horrorizado. Se não jogasse pedras, correria o risco de se revelar. Se jogasse, estaria traindo sua consciência e seu povo. Mas, antes que precisasse decidir que atitude tomar, os poloneses voltaram ao trabalho, como se nada tivesse acontecido.

– Viu o que eu falei? Os judeus são inúteis. Nem para carregar pedras servem. Eles exploravam a Polônia com seus negócios, mas agora estão recebendo o castigo que merecem. Vão todos morrer, Janeck. Todos! Vamos ficar livres desses judeus miseráveis.

Chaim olhou com ódio para o professor.

.7.

Mendel abriu a porta do apartamento e deu passagem a um senhor abastado e bem-vestido. Ele vestia um terno caro e um casaco cuja gola era forrada com pele de raposa. Uma grossa corrente do relógio de ouro destacava-se no bolso do colete. Tinha as bochechas gordas e vermelhas pelo excesso de vodca. Segurava um grande charuto aceso na mão, era prepotente e arrogante. Entrou na casa de Mendel como se estivesse lhe fazendo um grande favor, e olhou com nojo para os poucos móveis que restaram. Andou como se estivesse em um curral, evitando pisar no chão que considerava imundo.

Mendel estava tão magro que a roupa gasta e rasgada parecia dois números maior. A barba comprida estava branca. Parecia ter envelhecido vinte anos. O polonês examinou um dos poucos móveis que sobraram na sala, a cristaleira de madeira nobre, inteiramente trabalhada em alto-relevo, uma obra de arte. Tirou duzentos slótis do bolso e os balançou na cara de Mendel, como se estivesse aborrecido com aquela negociação e lhe fazendo um grande favor.

— Duzentos slótis, Mendel. Posso pagar duzentos slótis por este móvel. Não vale mais que isso.

— Duzentos slótis, senhor Thomaz? Esta cristaleira foi feita à mão por cinco artesãos. A madeira é da melhor qualidade, importada da África. Eu paguei três mil slótis. Vale pelo menos mil slótis, senhor Thomaz! Mil slótis.

O polonês guardou o dinheiro no bolso. Olhou com desprezo para Mendel, ameaçando se retirar.

— Se quiser duzentos slótis eu compro, se não, tente vender para algum judeu! Eles têm muito dinheiro — e começou a gargalhar.

Mendel ficou abatido e triste, e foi obrigado a aceitar.

— O senhor sabe que não tenho escolha e preciso comprar comida para minha família no mercado negro. Nós, judeus, não temos cupom de racionamento.

O polonês nem se abalou com a lamúria de Mendel.

— Meu caro Mendel, não fui eu quem fez as leis raciais. Sou apenas um polonês tentando sobreviver no meio desta guerra. Duzentos slótis, nem um centavo a mais.

— Que seja — Mendel balançou a cabeça, em concordância. O polonês jogou o dinheiro no chão, com desprezo, para que Mendel tivesse que se abaixar para recolher as cédulas.

— Mais tarde, mando buscar. E quando quiser vender o violino, me avise. É um prazer negociar com você!

O polonês saiu do apartamento rindo com sarcasmo e bateu a porta com força atrás de si, enquanto Mendel recolhia o dinheiro jogado no chão. Em seguida, a porta se abriu, e por ela entrou Chaim.

— Encontrei aquele porco descendo as escadas. O que ele comprou desta vez?

Mendel sorriu ao ver o filho.

— A cristaleira. De qualquer maneira, a gente não precisava mais dela, não temos mais nada para guardar dentro — disse Mendel com humor judaico.

— Que bom que chegou, Chaim! — a mãe saiu do quarto para beijá-lo.

Clara também envelheceu vinte anos em poucos meses. Muito magra, o cabelo grisalho, a pele sem brilho, o olhar sem vida. Um fiapo da mulher de antes da guerra. Arrastando os pés, chegou até Chaim. O filho a abraçou e a beijou carinhosamente. Mesmo alquebrada e envelhecida, ainda era mais alta que Chaim. Logo atrás dela surgiu, devagarzinho, como se fosse um passarinho, sua irmã Ruth, sempre agarrada à boneca, com um olhar amedrontado. Um animalzinho assustado que não saía de casa desde que os alemães invadiram a Polônia. Clara passou as mãos nos cabelos loiros compridos e sujos do filho, tentando arrumá-los – apesar de tudo, uma autêntica *iídiche mamma* superprotetora.

– Fico apavorada quando você sai para trabalhar. Se descobrirem que você é judeu, nem quero imaginar o que pode acontecer.

– Os alemães e os poloneses acham que eu sou *goy*,[13] mamãe. Não corro nenhum perigo na rua – respondeu Chaim, tirando de dentro do casaco um quilo de pão e duzentos gramas de manteiga e entregando à mãe.

Chaim foi se lavar. Mendel segurou a mão de Clara, para deixá-la mais confiante.

– Clara, como dizem os *goyim*,[14] Chaim não parece judeu. Só outro judeu para dizer que ele é um dos nossos.

Clara pegou um prato e uma faca, e começou a cortar o pão. Era a única refeição que ela e Mendel faziam no dia. O que conseguiam comprar no mercado negro com a venda dos móveis usavam para alimentar a pequena Ruth e Chaim, para que ele tivesse forças e conseguisse trabalhar na construção. O que Chaim conseguia comprar diariamente com seu trabalho de pedreiro era a ração para uma pessoa, não para uma família inteira.

Ruth foi a primeira a ser servida, e depois Chaim, que acreditava que os pais tinham comido algo mais durante o dia. Comiam sentados no sofá, e Mendel ria sozinho ao lembrar que a mesa também havia sido vendida porque não fazia falta, uma vez que nas refeições tinha sempre muito pouca comida. Para tentar relaxar um pouco a mãe, que parecia uma pilha de nervos, Chaim contou a história do professor de Química, mas escondeu alguns detalhes para não a deixar preocupada. Não precisava falar da agressão física aos judeus que presenciou e da qual quase teve de participar.

– Não se preocupe, mamãe, engano todos os poloneses. Eles pensam que sou um deles. Hoje conheci um professor de Química que trabalha

---

[13] Não judeu.

[14] Plural de *goy*.

comigo na construção. Ele odeia os judeus e fala comigo como se eu fosse um polonês. Para ele, a culpa de tudo é dos judeus. A guerra, a invasão da Polônia, a morte do filho, a perda do emprego. Tudo culpa nossa. Você não precisa se preocupar, mamãe, ele gostou de mim porque acha que não sou judeu. Nem desconfia. Isso garante minha segurança.

Clara e Mendel comiam em silêncio, apenas ouvindo a história do filho.

– Imagino a cara dele se descobrisse que sou judeu.

– Ele não vai descobrir, Chaim, seu documento é perfeito. Quanto a isso, fique sossegada, Clara – confirmou Mendel para tranquilizar a esposa.

– Não vai mesmo, mamãe! Só quando a guerra terminar e os alemães forem expulsos. Aí eu vou esfregar na cara dele que sou judeu e que não temos culpa de nada do que acontece na Polônia.

– Que seja logo – disse Mendel.

– Imagino a cara daquele desgraçado quando eu falar que sou judeu. Ele vai dizer: você é tão simpático que nem parece judeu!

– Não brinque com essas coisas, meu filho, nem por um minuto – a mãe o repreendeu, dando-lhe mais uma fatia de pão com manteiga.

Chaim segurou a mão dela com firmeza e a beijou na testa.

– Nós vamos vencer mamãe, nós vamos vencer Hitler. Isso eu prometo – ele afirmou com convicção.

Mendel levantou a única coisa que eles tinham para beber, um copo com água, e brindou ao otimismo do filho.

– *Le chaim!*[15]

---

[15] Literalmente "à vida". É o mesmo que "saúde" usado nos brindes no Brasil.

.8.

Cracóvia, março de 1941

A nova ordem de Hans Frank, emitida em 3 de março de 1941, era que todos os judeus, independentemente de trabalharem ou não e da idade que tivessem, deveriam se dirigir para o gueto que estava sendo construído em Cracóvia. Não apenas os judeus dessa cidade, mas os de toda a região. Foram comunicados pelo Judenrat, a comissão judaica que administrava a própria comunidade, e também por cartazes que foram colados em toda a cidade. Alguns quarteirões de Cracóvia, na sua parte mais pobre e miserável, foram fechados com muros e arame farpado, e os judeus, levados para dentro dessa área.

Milhares de judeus ficaram confinados nesse espaço tão pequeno. A densidade demográfica era imensa: moravam duas ou três famílias no mesmo quarto, o que transformava a vida de todos num inferno, com a propagação de doenças e outros problemas. O local funcionou até março de 1943, quando o comandante Amon Goeth destruiu o gueto e deportou todos os judeus restantes para o campo de Plasow, construído por ele com mão de obra escrava. Amon Goeth era o corrupto nazista amigo de Oskar Schindler.

Naquele triste 3 de março, os judeus foram para o gueto com a esperança de continuar trabalhando e sobrevivendo, mesmo que fossem levados de maneira tão brutal. Os soldados alemães empurravam as famílias para dentro dos muros com violência, batiam nas costas e na cabeça das mulheres e crianças com cassetetes, chicotes e com o cano das metralhadoras. Os alemães gritavam, os cães latiam, os judeus tentavam proteger seus filhos das pancadas e rezavam por piedade. Ninguém entendia para que essa violência desnecessária, pois todos caminhavam passivamente para dentro dos muros do terrível gueto. Chegavam a pé com pequenas malas ou empurrando carrinhos de mão com poucos pertences. Um colchão, cobertores, panelas, o mínimo para tentar manter um pouco de dignidade. O pouco que tinham era muito. Alguns andavam lentamente, outros corriam. Os soldados empurravam todos, o pânico tomava conta dos judeus. Quem tentasse fugir era imediatamente fuzilado.

Os judeus estavam malvestidos, abatidos, cansados, magros. Um ano e meio depois da invasão à Polônia, eles já tinham pagado um preço muito alto pelo ódio nazista. A cena era de desolação. Nas janelas dos apartamentos vizinhos fora do gueto, os poloneses olhavam assustados pelas cortinas semiabertas. Todos tinham medo. A entrada do gueto era cercada por metralhadoras e tanques de guerra, como se os judeus famintos fossem um perigoso exército armado até os dentes. Um forte aparato militar para um grupo de judeus civis e indefesos. A violência era total. A poeira que levantava do chão com a movimentação das botas militares nazistas e dos sapatos gastos dos judeus parecia uma névoa escura que cobria tudo e prenunciava a morte que, com certeza, chegaria em breve.

#

Em seu apartamento, os Kramer se preparavam para a mudança para o gueto. Estavam terminando de arrumar duas pequenas malas com os poucos pertences que restaram. Quase tudo tinha sido trocado no mercado negro por comida. Ninguém falava nada, o silêncio era total. Ruth estava distante do mundo, uma criança apática agarrada à boneca. Saiu do mundo real e entrou num mundo imaginário, onde devia sonhar com a escola que nunca mais frequentou, os doces que sua mãe fazia, as brincadeiras com as amigas que nunca mais viu. Clara dividiu um quilo de pão em quatro pedaços, embrulhou-os e deu um pedaço para cada membro da família.

De vez em quando, se assustavam com tiros que ouviam do lado de fora e com os gritos dos nazistas. Esses gritos ficariam para sempre na memória de Chaim. Durante o resto de sua vida, acordaria no meio da noite ouvindo os gritos dos soldados alemães. Anos mais tarde, sempre que contasse histórias da Polônia ocupada, se lembraria dos gritos não humanos, dos gritos animalescos, dos grunhidos, dos rugidos da soldadesca nazista. Chaim contaria que eles sempre estavam aos berros, como animais pré-históricos que não conseguiam se comunicar de outro jeito. Ou, quem sabe, como muitos judeus não entendiam o alemão, os ignorantes soldados da SS achavam que, gritando, seriam compreendidos.

Quando estavam prontos para sair, Mendel colocou as mãos nos ombros de Chaim, e se pronunciou sobre a decisão que havia tomado e que iria salvar a sua vida. Uma decisão difícil, que partiria seu coração, mas ao mesmo tempo significaria uma esperança para o futuro do filho. Ele já tinha discutido isso com Clara. Ela também sabia que essa seria a melhor alternativa, e tinha chegado a hora de comunicá-la ao filho.

– Chaim, você não vai com a gente para o gueto. Você vai se esconder, vai se salvar e contar ao mundo o que viu.

Chaim levou um susto. Balançou a cabeça negativamente. Não concordava, não aceitava essa decisão. Queria seguir com a família, o destino de um seria o destino de todos.

– Papai, ficamos juntos até agora e assim ficaremos. E vamos sobreviver juntos.

– Não, Chaim. Você é jovem e forte, vai conseguir sobreviver no lado de cá. Tem seu documento falso e, como dizem, não "parece judeu". Nós não temos escolha: ou vamos para o Gueto ou seremos fuzilados no meio da rua. Você não, você pode se salvar.

Chaim abraçou a mãe, tentando convencê-la a deixar que seguisse junto com sua família, mas ela sabia que isso era o melhor a se fazer. Chaim chorou, voltou a ser um garotinho, não aquele menino que amadureceu tão rapidamente por necessidade e pelo esforço.

– Não quero me separar de vocês, quero ir junto.

— Meu filho, você só vai poder ajudar se estiver fora do gueto trabalhando, como fez até agora. Com todos dentro dos muros, será mais difícil conseguir comida durante o tempo que a guerra durar.

Os barulhos dos tiros do lado de fora e os gritos dos alemães continuavam, enquanto a família discutia o futuro de Chaim.

— É hora de desenterrar o que você escondeu no jardim e usar para a nossa sobrevivência. Você vai vender aos poucos e vai conseguir um bom dinheiro com isso. Vai poder comprar comida no mercado negro e fazer chegar até nós. É nossa única salvação.

— Mas como vou fazer chegar comida para vocês, se estarão dentro dos muros do gueto?

— Filho, os soldados alemães são monstros, animais de um livro de terror, mas são corruptos, como todos os que não têm caráter. Eles gritam *Deutschland über alles*,[16] perseguem os judeus, mas pensam em si mesmos, em suas próprias famílias, no bem-estar deles mesmos. Você dá um pouco de dinheiro para eles, e vão deixar você entrar no gueto. Eles veneram Hitler como se fosse um deus, mas roubam seu *Führer*.

Chaim tremia só de pensar em corromper um soldado alemão. Era apenas um menino que precisava aprender rapidamente a lutar pela sobrevivência.

— E vou poder trabalhar? Vou continuar trabalhando?

— Você vai conseguir, vai ser mais arriscado, mas vai trabalhar como polonês — Mendel respondeu com confiança, para deixar o filho seguro. — Os alemães vão caçar cada judeu que encontrarem do lado ariano, e, se algum polonês desconfiar de você, vai denunciá-lo. Esconda-se, seja discreto a maior parte do tempo. Você vai sobreviver.

— Chaim, lute, sobreviva e diga ao mundo que você viu o que os alemães estão fazendo com os judeus na Polônia.

Nesse momento, ouviram os passos fortes das botas subindo os degraus da escada e se aproximando. Mendel empurrou Chaim para o quarto.

---

[16] Alemanha acima de tudo.

Batidas fortes na porta, gritos em alemão ordenando que todos os judeus saíssem. Ruth continuava alheia a tudo. Abraçada à sua boneca, mantinha o olhar perdido num ponto do espaço. Mendel abraçou Clara, e a porta foi derrubada com violência.

– Fuja Chaim, fuja! Sobreviva e deixe o mundo saber.

#

Anna mantinha sua rotina. Acordava, ia para a loja e no fim do dia fazia suas compras. Quando conseguia algum dinheiro extra, o que era raro, comprava uma comida especial no mercado negro. Nessas horas, sempre ouvia alguma história de um amigo que tinha sido preso por colaborar com a resistência. O terror se espalhava como o vento do inverno. Mais um ano tinha se passado, e ela ainda sonhava com Marek entrando pela porta, dando-lhe o abraço de urso que a levantava do chão e a protegendo dos nazistas. Por mais que a guerra a brutalizasse, ela continuava chorando por Marek. Vários homens tentaram se aproximar dela, mas rechaçava todos. Anna era linda, jovem, não faltavam pretendentes, mas não conseguia ir para a cama com outro homem. Sabia que Marek não voltaria, sabia que a vida precisava continuar, mas não tinha nenhuma vontade de se apaixonar novamente e sofrer tudo outra vez. Quando a paz voltasse, e ela acreditava que voltaria, talvez se casasse de novo.

Se não fosse sua amiga Sonja, nem sairia de casa. Mas ela sempre passava para pegá-la e irem a um bar ou à casa de amigos.

Com a chegada do verão, tinha sol até as oito horas da noite e luz natural quase até as onze.

– No próximo domingo, vamos tomar sol no parque – disse Sonja.

O parque ficava em torno do castelo construído havia séculos pelo rei Kazimierski, uma fortaleza que dominava toda a cidade num ponto estratégico à beira do Vístula e que agora era sede do governo nazista. Os jardins continuavam bem cuidados e, mesmo com a ameaça alemã e as bandeiras com suásticas hasteadas nas muralhas do castelo agredindo a visão dos poloneses, os habitantes da cidade continuavam a frequentá-lo.

O verão era muito quente, e as duas saíram com vestidos leves e esvoaçantes, que chegavam até a metade das pernas. Mas a brisa insistia em levantar os vestidos, deixando ver pernas bem torneadas, que chamavam a atenção dos poloneses e dos soldados alemães. Sonja também deixava dois botões abertos para realçar os seios. Anna, sempre mais discreta, evitava chamar a atenção.

– Você ainda vai causar um acidente andando desse jeito – disse Anna.

– Minha querida, você já percebeu que Cracóvia tem menos homens desde que a guerra começou? Precisamos usar nossas melhores armas. Olhe a sua volta e veja quantas mulheres sozinhas.

Anna ficou incomodada com o comentário de Sonja, que só depois percebeu a gafe.

– Querida, me desculpe, não foi minha intenção.

– Tudo bem – respondeu Anna –, você tem razão. Tenho que aceitar minha situação de viúva.

Dois oficiais nazistas passaram por elas e tentaram abordá-las, mas Sonja pegou no braço de Anna e a puxou para apressar o passo.

– Não quero nada com os invasores. Eu sei o que vai acontecer com as mulheres que saírem com os alemães depois que a guerra acabar.

– Você acha que a guerra vai acabar? – perguntou Anna.

– Claro que vai acabar – respondeu Sonja. – Não sei quando, mas com certeza os alemães serão expulsos da Polônia.

– Você é tão otimista, Sonja. Às vezes acho que os alemães não vão sair nunca mais da Polônia.

– Você que é muito pessimista, Anna. E a Polônia será um país melhor depois da guerra, você vai ver.

– Por que você acha isso?

– Porque não teremos mais judeus aqui! Pelo menos isso os alemães vão fazer de bom.

Anna ficou muito incomodada com o comentário da amiga. Não que ela desconhecesse seu antissemitismo, tão comum entre os poloneses. Nas escolas, os judeus eram discriminados e agredidos, nas igrejas, principalmente durante a Páscoa, eram acusados pelos padres de terem matado Cristo. Mas diante da atual situação, em que os judeus foram expulsos das ruas e de suas casas, internados em guetos, mortos a sangue frio, as palavras de Sonja pareceram extremamente brutais.

— Como você pode falar isso? — espantou-se Anna.

— Você não acha bom que os judeus saiam da Polônia? — Sonja retrucou de maneira muito tranquila. — Deixando nossos empregos, as casas para nós morarmos. Eles já aproveitaram demais deste país.

— Sonja, você não vê o que os alemães estão fazendo?

— Estão mandando os judeus para o leste ou para qualquer outro lugar, contanto que seja longe do nosso país. Eles querem limpar a Polônia dos judeus, e isso é muito bom para nós.

— Estão matando os judeus!

— Estamos em guerra, Anna, as pessoas morrem na guerra. Por acaso não morreram também poloneses nessa guerra?

— Não precisa me dizer que morreram poloneses. — Anna respondeu, irritada.

— E os culpados pela morte de Marek foram os judeus, que começaram esta guerra.

Anna e Sonja caminharam em silêncio por alguns instantes. Anna pensava antes de responder.

— Não sei Sonja, tudo é tão confuso! Todo mundo fala que os judeus são culpados pela guerra, mas não consigo entender isso. Qual é a culpa do dr. Gartner que trabalhava no hospital ou do sr. Anker que tinha a loja de meias?

— Assim são os judeus, querida: dissimulados. Agem nas sombras para nos explorar. Não se pode confiar neles.

— Vi um alemão matar um velho judeu na minha frente sem motivo algum.

— Segundo você me contou, ele estava escondendo uma joia. Eles sabiam que isso era proibido!

As duas chegam à beira do rio, e Sonja deitou-se na grama para tomar sol.

— Vamos mudar de assunto, não quero falar de coisas ruins. Hoje é domingo e viemos ao parque para nos divertir, não para falar dos judeus.

Anna se sentou ao lado da amiga e tentou entendê-la. Sonja sempre foi interesseira, procurando obter vantagens para se dar bem na vida. Nunca tratou Anna mal, mas tratava com desprezo todos os homens que apareciam em sua vida. Era sempre um jogo de interesses. Fazia isso para ganhar pequenas vantagens, às vezes sem nenhuma maldade. Como ela dizia: "Se os homens querem algo que eu tenho, por que não cobrar por isso?". Mas essa frieza que Sonja demonstrava agora sobre os judeus, essa falta total de sensibilidade chegava a assustá-la. Eram seres humanos. No passado, nunca havia se incomodado que Sonja falasse mal dos judeus. Ela mesma não gostava muito deles. Ia ao médico judeu, fazia compras nas lojas dos judeus, mas não precisava gostar nem ser amiga deles. Eles eram diferentes e eram ruins. Mas serem expulsos das suas casas, serem mortos sem motivo, isso era demais para Anna. Uma coisa era não gostar dos judeus, outra coisa era matá-los.

· 9 ·

Logo depois que o gueto foi organizado, Cracóvia passou por dias de terror. Os alemães caçavam dia e noite os judeus escondidos pela cidade. A luta pela sobrevivência fazia o ser humano tentar de tudo. Alguns se esconderam nos túneis de esgotos, apesar do mau cheiro, da umidade, dos ratos. Isso era melhor que ir para o gueto ou para os campos de concentração e extermínio. Outros procuravam sótãos, porões, forros de telhados. Qualquer pequeno buraco poderia significar um refúgio e mais alguns dias de vida. Muitos tentavam fugir para os vilarejos próximos de Cracóvia, em busca de abrigo e trabalho em alguma fazenda.

Os soldados alemães sabiam que os judeus se escondiam e vasculhavam todas as casas suspeitas. Levavam cachorros para farejar os esconderijos. Ameaçavam poloneses que davam refúgio e ofereciam recompensas para quem denunciasse um judeu. Os poloneses fechavam a porta na cara de antigos amigos judeus que buscavam apoio, por medo de ajudar e serem descobertos. A pena era a morte para toda a família. Outros aceitavam esconder um judeu para, em seguida, denunciá-lo e ganhar a recompensa. Os alemães pagavam por um judeu um quilo de banha e um quilo de toucinho, e por esses valores eles eram vendidos pelos poloneses. A guerra deixava as pessoas boas insensíveis, e as más, bem piores. Esconder um judeu poderia significar a pena de morte; denunciá-lo, uma semana bem alimentado. Era uma decisão difícil de tomar. Esconder um judeu era um ato de coragem e de loucura.

Muitas vezes, um vizinho polonês denunciava outro polonês que escondia judeus. E se o judeu fizesse barulho e atraísse a atenção de alguém? O medo de que os alemães invadissem o apartamento no meio da noite em busca de judeus era constante. Muitos judeus entregaram filhas e filhos para igrejas e conventos, com a esperança de não serem descobertos. Ensinavam as crianças a fazer o sinal da cruz e a rezar o Pai Nosso e a Ave Maria como disfarce de sua origem. Entregavam os pequenos às antigas babás de confiança que viviam no campo. Se iriam vê-los de novo, ninguém sabia.

Após a guerra, muitos foram recuperados por algum familiar sobrevivente; outros, mesmo órfãos, sabiam quem eram seus pais e que eram judeus, e foram para Israel. Mas quis o destino que muitas dessas crianças crescessem sem saber que eram judias, quem eram seus pais, e nunca mais voltaram ao meio judaico. Mas ao menos sobreviveram ao Holocausto.

#

Foi em meio a esse caos, a essa caçada insana aos judeus, que Chaim inacreditavelmente conseguiu se esconder. Quando voltou ao prédio onde morava com os pais, o apartamento havia sido ocupado por uma família polonesa, que só aguardou a saída dos Kramer para se apossar do imóvel. Isso também era muito comum. Bastava que os judeus abandonassem os apartamentos para que uma família polonesa tomasse posse deles. O apartamento da família Kramer não ficava no bairro judeu de Cracóvia, mas na Ulica Lubicz, próximo ao Ogrod Botaniczny, o jardim botânico da cidade. O local era bem valorizado, por isso, os vizinhos não judeus o cobiçavam.

Chaim não tinha voltado por causa do apartamento, ele já sabia que fora invadido, nada mais restando de seu lá. Seu objetivo era o pátio, o jardim. Tinha chegado a hora de voltar à "ilha deserta do Caribe" e desenterrar o seu "tesouro". Como da vez em que se esgueirou nas sombras para enterrar as joias e pratarias, agora ele precisava tomar o mesmo cuidado para não ser visto e desenterrar o pacote que iria garantir a sobrevivência da família.

Certa noite, sem lua, ele entrou escondido no pátio, e permaneceu alguns minutos agachado na entrada do porão, para se certificar de que não seria visto. Ninguém andava na rua à noite, por causa do toque de recolher. Encontrou a pá e, rente às paredes, esgueirou-se até o local onde havia escondido as joias. Começou a cavar com cuidado para não fazer barulho. Cada vez que enterrava a pá na terra dura, olhava em volta para ter certeza de que não tinha sido visto. Mas Chaim ainda era muito ingênuo, e não percebeu que a mesma cortina que havia sido aberta quando tinha escondido os pertences agora se abria para ver o que ele estava fazendo. Chaim cavou, mas não encontrou nada. Começou a sentir um pavor imenso tomando conta do seu corpo. Cavou mais um pouco. Tinha certeza de que o buraco não era tão fundo, mas só encontrava terra. "O que aconteceu? Onde está meu tesouro?" Chaim olhou para os lados, procurando se certificar da exatidão do lugar. "É aqui mesmo! Eu tenho certeza." Então, se desesperou, não encontrou nada no buraco. Tinha sido roubado! Olhou para o prédio, e, nesse momento, a cortina se fechou e balançou levemente. O jovem percebeu que alguém olhava para ele. E então entendeu o que tinha acontecido. Largou a pá, sentou-se no chão, enfiou a cara nas mãos e começou a chorar em silêncio. O choro mais sentido de toda a sua vida.

Chaim sabia que tudo estava perdido: a chance de ajudar seus pais e sua irmã, a oportunidade de sobreviverem no gueto, a possibilidade de serem salvos, de comerem. De viverem. Seu tesouro, tão bem guardado durante um ano, foi roubado por um vizinho polonês. "Malditos polacos! Polacos desgraçados!" Seu impulso foi pegar a pá, subir até o apartamento e atacar o ladrão, mas sabia que isso significaria a sua morte. Não teria a menor chance e seria denunciado aos nazistas.

Chaim sentiu que seria o responsável pela morte dos pais. O pai tinha lhe falado tantas vezes para tomar cuidado, para não deixar ninguém vê-lo enterrando o pacote, mas ele falhou. O pouco que ganhava trabalhando esporadicamente não bastava para corromper o guarda do portão do gueto a ajudar a família a sobreviver num lugar onde a ração diária para os judeus era de oitocentas calorias para quem trabalhasse. Os três iriam morrer por culpa sua, e esse peso ele teria de carregar para o resto da vida. Mas mal sabia ele que seus pais em breve seriam transportados para as câmaras de gás e crematórios do Campo de Maidanek, na cidade de Lublin, onde oitenta mil judeus morreriam durante o Holocausto. Seus pais e sua pequena irmã não atendiam aos critérios de qualificação para o trabalho: ter entre catorze e quarenta anos – por isso, seriam mortos.

 Chaim sabia que ficar sentado no jardim significava um perigo muito grande. O mesmo vizinho podia denunciá-lo para ganhar mais uma recompensa. Lembrou-se então do outro embrulho, a máquina de costura, mas não sabia como ela poderia ajudá-lo naquele momento, e teve medo de continuar no pátio, uma vez que tinha sido percebido. Além disso, o outro pacote poderia ter sido roubado também. Seu desânimo era tanto que sua vontade era ficar ali parado, esperando que os nazistas viessem buscá-lo, matá-lo, e assim acabar com aquela tortura que já durava havia tempo demais. Suas forças estavam no limite, perdeu dez quilos desde o começo da guerra, não se reconhecia mais no espelho. Mas já tinha falhado com o pai uma vez, quando escondeu as joias, não podia falhar de novo. Prometeu que sobreviveria à guerra para contar o que aconteceu aos judeus, e ia cumprir sua promessa. Não ia desapontar seu pai duas vezes. Quem sabe, depois da guerra, ele pudesse voltar e se vingar do vizinho. Um dia, a guerra acabaria, e os poloneses que roubaram e denunciaram os judeus teriam de pagar por seus crimes. Ele saiu do pátio da mesma maneira que entrou, escondido nas sombras, e desapareceu na noite.

.10.

Cracóvia, outubro de 1942

Um ano havia se passado desde que Chaim viu os pais pela última vez. Durante os primeiros meses de separação, conseguiu trabalhos em Cracóvia com o documento falso. Eram sempre bicos, pelos quais ganhava o mínimo para não morrer de fome. Mas, conforme o tempo passava, a situação ficava difícil para os poloneses e mais ainda para um judeu disfarçado. O dinheiro que ganhava era pouco para comprar comida. Para as outras necessidades, nem pensar. Suas roupas sujas e rasgadas mal conseguiam aquecê-lo no frio do outono. Quando chegasse o inverno, se ele não encontrasse um bom esconderijo e comida, ficaria difícil sobreviver.

Depois que os judeus foram reunidos no gueto, a ordem foi transportar todos aos campos de extermínio ou de trabalhos forçados. Assim, ficou mais complicado ainda arrumar trabalho, pois usavam fartamente a mão de obra escrava dos judeus. Por que os alemães iriam pagar um salário, por menor que fosse, se podiam contar com escravos? A situação na cidade ficou tão difícil que ele resolveu tentar sobreviver no interior, nas fazendas próximas a Cracóvia. O problema era: como sair da cidade e se oferecer numa pequena fazenda sem conhecer ninguém? Mas Chaim aprendeu muito nesses meses de sobrevivência nas ruas, e ele era esperto para descobrir novos caminhos.

Começou a frequentar o mercado de Kazimierski e a fazer amizade com os camponeses. Observou que um deles trabalhava sozinho, sem ajuda dos filhos, e se aproximou dele. Era um camponês cego de um olho e quase cego do outro, que precisava de um garoto que o ajudasse a carregar os sacos de legumes e a alimentar os cavalos. Ganhou a confiança do velho e ia sempre ao mercado. Quando o velho aparecia, ele trabalhava, ganhava comida como pagamento e ia conquistando mais a confiança dele. O velho lhe contou que os dois filhos morreram na guerra, por isso, sua ajuda era importante. Chaim inventou que seus pais morreram num bombardeio e ele tinha perdido a casa. Não tinha onde morar nem parentes em Cracóvia. Os dois foram construindo uma relação de amizade, até o dia em que o garoto criou coragem e perguntou ao velho se não poderia ir com ele para a fazenda. Estava muito difícil viver sozinho em Cracóvia e poderia ajudar no trabalho do dia a dia. Eram tempos de desconfiança, mas o camponês analisou a situação e viu que não tinha muito o que arriscar. O garoto parecia de boa índole, sabia ser educado, não tinha família, era um polonês órfão, poderia ser útil vivendo com ele e a esposa, apesar de ser da cidade e não conhecer nada de uma fazenda. Aprenderia com o tempo.

Naquela tarde, quando o velho ia voltar para casa, convidou o rapaz para subir na carroça e ir com ele. O garoto quase chorou de felicidade ao saber que sairia de Cracóvia, e imaginava que a vida no campo seria um paraíso perto do risco diário que corria.

Chegaram à fazenda tarde da noite, e a mulher do fazendeiro não ficou nem um pouco contente com a surpresa.

– Quem é esse garoto?

– Jan Pavel – respondeu Chaim, tentando ser o mais simpático possível.

– O menino que eu disse que me ajudava no mercado de Kazimierski – explicou o camponês.

– Mais uma boca para alimentar? O que você tem na cabeça? – reclamou a mulher do camponês. – Não temos problemas suficientes?

– Ele vai trabalhar para nós, não vai comer de graça – disse o velho, que já gostava do menino.

– E como você sabe que ele não é judeu e não vai nos roubar?

Chaim ficou gelado ao ouvir o comentário da mulher. Até então, ninguém tinha achado que ele fosse judeu, pois não se parecia com um, diziam os poloneses. "Será que ela desconfiou de alguma coisa que eu não percebi ou seria mera especulação?"

Para sua sorte, o velho realmente gostava dele e não estava disposto a deixar que a mulher o expulsasse.

– Vi os documentos dele, vai querer que ele tire as calças? – perguntou o camponês e começou a rir.

Para alívio de Chaim, a mulher também começou a rir, e esqueceram o assunto. Se o mandassem baixar as calças, não teria alternativa a não ser fugir, e ele não tinha a menor ideia de onde estava; não saberia para onde ir.

O velho falou para ele levar o cavalo para o celeiro, dar água, comida e depois voltar para comer. Tudo lhe era muito novo. Nunca tinha estado numa fazenda, não tinha a menor ideia do que fazer, mas sabia que sua vida dependia disso e procurou se virar sozinho.

O casal vivia em um cômodo apenas, que fazia às vezes de sala, cozinha e quarto, e o fogão era ao mesmo tempo aquecedor. Nunca tinha visto uma casa tão pobre e simples, mas o ambiente era tão acolhedor que se sentia num castelo. A velha serviu uma sopa quente de legumes, e ele a devorou em um minuto. Fazia muito tempo que não comia uma refeição quente. Quando terminaram de comer, o mandaram para o celeiro, onde deveria achar um lugar para dormir. Não queriam o menino junto deles, e Chaim entendeu perfeitamente. Era um espaço pequeno para que um estranho também se acomodasse nele. Voltou para o celeiro, arrumou um monte de palha num canto, improvisou uma cama e dormiu imediatamente.

Chaim adorou o lugar. Tinha comida todos os dias e um teto para dormir. Não importava que fosse junto do cavalo e das galinhas. Era um teto. Já fazia muito tempo que tinha deixado de lado o conforto em que vivia antes da guerra. Comida e um local coberto era tudo o que desejava.

Acordava cedo, trabalhava duro e não reclamava. De vez em quando, ia com o velho para o mercado de Cracóvia vender um pouco de comida. Quando deitava à noite na cama de feno, pensava que desejava continuar assim até a guerra acabar – e sobreviver. A promessa que tinha feito a seu pai seria cumprida. Sonhava com o fim da ocupação alemã e a libertação dos judeus. Ia contar a todos como os judeus foram perseguidos e mortos pelos nazistas. Depois, voltaria a estudar para ter uma profissão decente.

Em um fim de tarde, o céu já escuro, ele alimentava as galinhas, quando um caminhão alemão surgiu na fazenda para confiscar leite e carne. Nessas horas, os camponeses não podiam fazer nada, a não ser entregar o que os nazistas exigiam. Tinham sempre algum estoque à vista, enquanto o resto ficava escondido para que eles não perdessem tudo. Assim funcionava a máquina nazista: roubando.

Os alemães mandaram que o casal entregasse ovos, leite, banha, o que tivessem, e estes falaram para Chaim fazer o que pediam. O oficial alemão que comandava o confisco desconfiou que o garoto não fosse parente do casal e pediu para ver os documentos. Assustado, o garoto entregou o papel com as mãos tremendo, o que deixou o oficial ainda mais desconfiado. Se sua farsa fosse descoberta, o casal seria morto por esconder um judeu, e ele seria enviado para um campo de concentração. O oficial pegou o documento, procurou uma luz que permitisse enxergar melhor, já que estava tudo muito escuro, e o examinou com cuidado. O casal não entendia o que estava acontecendo. O medo de Chaim e o tremor de suas mãos chamaram a atenção do oficial, muito experiente em descobrir judeus, que o acusou na hora.

– *Jude*! Você é um judeu nojento! – disse o oficial enquanto sacava a pistola.

Ao ver isso, a velha senhora se assustou e deu um grito que chamou a atenção do alemão, que não pensou duas vezes e atirou nela. Ato contínuo, atirou no marido. Ambos tombaram mortalmente feridos no chão. Chaim, sem titubear, saiu correndo na escuridão. Desapareceu no mato, que então já conhecia de passeios e caminhadas.

O alemão gritou para os soldados que caçassem o judeu e queimassem a fazenda. Chaim ouviu os tiros e as ordens enquanto fugia desesperadamente pelo mato escuro. Correu durante horas, despistando os alemães que não sabiam onde procurá-lo. Por sorte, não tinham cachorros, os temíveis pastores-alemães treinados para farejar judeus fugitivos e que estraçalhavam suas presas. Finalmente desistiram.

Quando se sentiu seguro, Chaim parou para descansar e viu de longe as chamas arderem na fazenda que tinha sido seu refúgio por alguns meses. Sentou e chorou durante um bom tempo. O casal de camponeses, tão bondoso, tinha lhe dado um teto, comida e sobrevivência, e, por isso, foi morto. Ele se sentia culpado. Se não tivesse ido para fazenda, eles estariam vivos. Culpou-se por não ter dito que era judeu. Pelo menos, eles poderiam decidir se queriam correr o risco de ajudá-lo ou se o expulsariam de casa. A escolha seria deles. Chaim colocou em risco a vida dos seus salvadores e se sentiu culpado por suas mortes. Carregaria esse sentimento de culpa a vida inteira.

Estava entregue novamente à própria sorte e agora sem o documento falso, que ficou nas mãos do oficial nazista.

#

Anna estava de costas para a entrada da loja quando ouviu a voz de Sonja. Ao se virar, ficou impressionada com o homem que a acompanhava. Não era bonito nem jovem, mas muito bem-vestido, com roupas caras, gravata, chapéu – parecia um nobre. Os dois estavam de braços dados, e Sonja, muito orgulhosa com a companhia.

– Olá, querida, estávamos passando por aqui e resolvemos fazer uma visita – disse Sonja com seu olhar sensual.

As duas se beijaram, e a amiga a apresentou ao seu par, com quem Anna trocou cumprimentos formais.

Sonja estava ainda mais bonita, usando um vestido sofisticado, brincos e colar que Anna nunca tinha visto, e o cabelo bem penteado. Fazia alguns dias que não se viam, e, pelo visto, essa era a razão do seu sumiço. Trocaram algumas palavras, falaram de amenidades, e por fim Sonja revelou a razão da rápida visita.

– O sr. Polski vai dar um jantar em sua casa, e queremos convidá-la. Será uma boa oportunidade para você conhecer os amigos dele – disse ela enquanto o elegante senhor sorria maliciosamente para Anna.

– Obrigada, mas não posso ir – respondeu Anna, tentando escapar do convite.

O sr. Polski, que até então não tinha falado uma palavra, tentou convencê-la.

– Por favor, sra. Kowalski, Sonja sempre fala bem da senhora e gostaria muito que viesse ao meu jantar.

– Senhor, não tenho nem mesmo um vestido adequado para essa festa – esquivou-se Anna do convite.

Sonja abriu seu sorriso, abraçou o acompanhante e tranquilizou a amiga.

– Isso não será problema, querida, nós compramos um lindo vestido para você. Não é, querido? – e olhou maliciosamente para ele.

– Com o maior prazer – ele completou. – Ficarei muito feliz em poder realçar sua beleza.

Vendo que não lhe restava alternativa, Anna acabou concordando, e combinaram que voltariam mais tarde, quando ela terminasse o trabalho e saísse da loja.

Anna ficou observando a amiga, que saiu abraçada e feliz com seu companheiro, e sentiu um pouco de inveja do desprendimento dela. "Afinal de contas, que mal tem ir a uma festa, comer e beber bem, conhecer outras pessoas e ainda ganhar um vestido novo?", pensou. "Já está na hora de começar a ver o mundo com outros olhos. Parece que a guerra não vai terminar tão cedo, a vida está cada vez mais dura, quem sabe Sonja tem razão? Quando a guerra terminar, ela vai estar numa situação melhor que a minha."

Quando o dia terminou, Sonja e o sr. Polski voltaram, e os três foram às compras. Entraram na melhor loja de roupas femininas de Cracóvia, que Anna só conhecia por passar em frente e na qual nunca tinha pensado em entrar. Devia-se tocar uma campainha e se apresentar para então ser recebido na loja. Anna ficou surpresa com o seu interior. Sentiu-se pouco à vontade entre vendedoras tão bonitas e elegantes. Um ambiente exclusivo que ela não conhecia. Um delicioso perfume se espalhou no ar, contrastando com o lado de fora, onde a violência e a guerra estavam sempre presentes nas suásticas e nas patrulhas alemãs. Parecia que tinham mudado de país.

Na loja, alguns oficiais alemães acompanhavam suas amantes polonesas, cobrindo-as de presentes. Ali não havia nenhuma alemã; aparentemente, as *Frauen*, as esposas, estavam na Alemanha enquanto os maridos invadiam o país e se divertiam com as polonesas. O sr. Polski cumprimentou os oficiais como se fossem velhos conhecidos. No ambiente descontraído, jovens saíam dos provadores em vestidos maravilhosos para se exibir aos namorados. Um garçom servia champanhe num clima de festa, que Anna jamais teria imaginado possível na Polônia durante a guerra. Tudo lhe era muito estranho. Sonja pegou duas taças de champanhe, entregou uma para a amiga e parecia não se importar com nada, queria apenas se divertir. Um dos oficiais alemães também bebia champanhe e falou com Anna.

– Delicioso champanhe, não, senhorita? Acabamos de trazer de Paris. Alguma coisa os franceses sabem fazer.

Sonja estava à vontade, mexia nos casacos e vestidos, olhava tudo como se estivesse em seu próprio ambiente. Isso surpreendia Anna. Pelo atendimento que o sr. Polski recebeu das vendedoras, percebeu que se tratava de um cliente especial.

Outra coisa chamou a atenção de Anna. Quando um coronel nazista foi pagar o casaco escolhido por sua amante, o sr. Polski se antecipou e fez questão de pagar a conta.

– Por favor, *Herr* coronel, aceite minha gentileza e deixe que eu pague. Vou ficar mais um pouco na loja, não precisa se preocupar. Acerto tudo ao final.

O alemão não insistiu e apenas agradeceu a gentileza, saindo da loja com a namorada e seu casaco novo.

Finalmente, Sonja achou o vestido que procurava e levou Anna para o provador. O tecido suave caiu como uma luva em seu corpo perfeito. Sonja pediu que saísse para mostrá-lo ao sr. Polski, que abriu um sorriso ao vê-la e aplaudiu como se ela fosse uma modelo na passarela.

Anna ficou ao mesmo tempo sem graça e maravilhada com o presente. Jamais teve um vestido igual, nunca se sentiu tão bonita e feminina. Sonja percebia o que se passava na cabeça dela.

– Você está linda, querida, aproveite e desfrute a vida – sussurrou. – O sr. Polski ganha muito dinheiro com a guerra e não vai fazer nenhuma falta para ele pagar o seu vestido.

Anna ficou curiosa para saber como ele ganhava tanto dinheiro na guerra, mas percebeu que não era o momento de perguntar.

O sr. Polski a avisou que um carro iria buscá-la mais tarde para levá-la à festa, e os três se despediram.

Anna voltou para casa se sentindo outra pessoa. Nunca imaginou que poderia tirar vantagem da sua beleza e juventude como Sonja fazia e ficou contente com isso. Não fez nada de errado, apenas foi gentil e ganhou um belo presente.

Ficou pronta em cima da hora marcada para que o carro a pegasse. Quando desceu as escadas, encontrou a sra. Novak, vizinha do andar de baixo, que ficou espantada de vê-la tão arrumada. A sra. Novak era uma velha arrogante e irritante, que sempre fazia algum comentário desagradável. Eram vizinhas, mas sem nenhuma relação de amizade. Quando Anna ainda era casada, a sra. Novak a cumprimentava com discrição, com respeito, mas depois que ficou viúva, a velha senhora começou a olhá-la como se fosse culpada pela própria viuvez e estivesse fazendo algo inadequado. Nesse dia, ao vê-la tão bem-vestida para a festa, mediu-a com o olhar de alto a baixo, como se estivesse olhando para uma prostituta. Não precisou falar nada, seu olhar dizia tudo. Anna, em vez de se sentir ofendida, olhou-a de cima, orgulhosa e arrogante.

– Boa noite, sra. Novak, infelizmente não tenho tempo para conversar, pois um carro com motorista me aguarda.

A senhora a acompanhou descer as escadas com ódio no olhar.

Quando o carro parou na entrada da mansão, Anna ficou impressionada com o luxo que via ali. Uma casa que mais parecia um castelo, um mordomo recebendo os convidados e guardando os casacos de pele. O salão onde a recepção acontecia era maior que o prédio em que ela morava. Nunca tinha visto nada igual. Flores frescas decoravam o ambiente, garçons circulavam com champanhe e canapés, e uma orquestra tocava músicas alemãs no fundo do salão. Ela não conhecia ninguém, e seu olhar procurava desesperadamente por Sonja. Enquanto buscava a amiga, percebeu que oficiais nazistas, acompanhados de jovens polonesas, conversavam amistosamente com senhores poloneses. Todos muito amigos e se divertindo bastante. Quem entrasse naquela festa jamais pensaria que a Polônia estava em guerra e que alemães e poloneses eram inimigos. Tudo muito estranho. Finalmente, seu olhar cruzou com o de Sonja, e as duas se beijaram animadas.

– Você está lindíssima – disse Sonja. – Venha, vou apresentá-la a um amigo.

Anna segurou Sonja firmemente pelo braço.

— Sonja, só peço uma coisa, não me apresente para um alemão. Não consigo conversar com esses assassinos!

— Fique tranquila, querida, também não falo com eles. Vou apresentá-la a um autêntico polonês. Infelizmente não tão jovem e bonito como você gostaria, mas ele tem suas qualidades — Sonja respondeu com um tom malicioso.

Parecendo flutuar enquanto caminhava pelo salão ao encontro de um senhor polonês com idade para ser pai de Anna, Sonja fez as apresentações e deixou os dois sozinhos. Anna não se sentiu muito à vontade na presença do estranho, mas, como ele estava bêbado, pelo menos se sentiu segura. Um garçom passou com uma bandeja, e ela pegou uma taça de champanhe para relaxar. O velho falava de maneira tão enrolada que ela nada entendia — e não se esforçava para entender. Uma ou outra vez, o homem tentou beijá-la e ela delicadamente se esquivou. Observava o que acontecia na festa e ficou espantada com o que viu. Senhores poloneses e alemães se agarrando com jovens da idade das suas filhas, o álcool correndo solto e todos embriagados perdendo a compostura. Nazistas que nas ruas eram impecáveis nos seus uniformes estavam caindo de bêbados, colarinhos soltos, camisas para fora das calças. Seu olhar procurou novamente Sonja, mas não conseguiu encontrá-la. Para sua tranquilidade, seu par completamente embriagado não tinha forças para agarrá-la. Por outro lado, a presença dele passou a ser uma proteção contra o ataque de algum alemão mais ousado. A orquestra tocava cada vez mais alto, os casais dançavam de maneira lasciva, champanhe era servido em todos os cantos do salão. Alguns casais pareciam fazer sexo atrás das colunas. Ela olhava para aquilo tudo e custava a acreditar que, enquanto essa festa acontecia, a Polônia estava invadida, a população sofria privações e os judeus eram mortos nos campos de extermínio.

#

Chaim passou três dias escondido no mato, até que a fome ficou tão forte que ele precisou ir atrás de comida. "Entre morrer de fome e ser capturado, melhor arriscar", pensou. Quando escureceu, ele se aproximou da casa de um camponês e tentou entrar em silêncio no celeiro a procura de algo para comer. Podia pegar um ovo ou achar algumas batatas esquecidas. Conseguiu encontrar um buraco na parede por onde podia passar. Estava tateando no escuro em busca de algum alimento quando a porta do celeiro se abriu e entraram dois camponeses segurando machados.

– Se der um passo eu vou furá-lo, judeu! – ameaçou um deles.

Os camponeses o entregaram a soldados alemães que patrulhavam a área e caçavam judeus que tentavam se esconder nas fazendas. Como era jovem e servia para o trabalho, não o mataram. Colocaram-no num caminhão com dois outros judeus também com menos de vinte anos e tão esfomeados e sujos quanto ele, e os três foram transportados novamente para Cracóvia. Lá, os nazistas decidiriam para qual campo de trabalhos forçados seriam mandados. Não receberam nada para beber ou comer. Um soldado alemão mantinha todos sob a mira de uma metralhadora e não deixava que eles conversassem entre si. Chaim sabia que, se não tentasse fugir, seu destino seria morrer no campo de concentração ou trabalhando como escravo, e não estava disposto a desistir da vida.

Para sua sorte – pois apesar de tudo a sorte o acompanhava –, quando o caminhão estava nas proximidades de Cracóvia, foi atacado por um comando da resistência polonesa que não sabia se transportava armas, tropas ou judeus. No tiroteio que começou, os judeus correram cada um para um lado, e Chaim conseguiu escapar. Estava de volta a sua cidade. Sua tentativa de se esconder no interior tinha sido inútil. Não era fácil ser judeu na Polônia invadida, e ele agora não tinha nem o documento falso que escondia sua origem.

No estado em que se encontrava, era o mais pobre dos mendigos, um trapo caminhando pelas ruas escuras. Nem no mercado negro conseguiria trabalho. Só um judeu andaria assim na Polônia ocupada. Na sua situação, ninguém pensaria que fosse polonês. Descoberto, seria morto na hora.

Mas conhecia as ruas da cidade, estava determinado a sobreviver e faria de tudo para cumprir a promessa que fizera ao pai.

Sua atividade consistia em se esconder de dia nos bueiros e procurar comida à noite nas latas de lixo, como um cão esfomeado. Parecia um animal, não uma pessoa. Revirava o lixo à procura de restos, e até os lixos tinham pouca coisa para oferecer durante a guerra. Tudo era muito valioso.

Precisava esperar que os bares e restaurantes fechassem para disputar o lixo com os ratos. Chaim entrou no pátio de um prédio em que havia um restaurante. A escuridão o ajudava a desaparecer nas sombras. Aguardou alguns minutos, para ter a certeza de que não havia ninguém, antes de revirar o lixo à procura de comida. De repente, ouviu passos de soldados que se aproximavam. O barulho das botas era inconfundível. Encolheu-se o mais que pôde para não ser visto. Respirou fundo para prender a respiração, e o cheiro de lixo que o rodeava o fez sentir náuseas. Os passos dos soldados se aproximam cada vez mais, e o suor escorria por seu corpo.

Dois oficiais alemães, meio bêbados, abraçados a duas polonesas saíram do restaurante e, com certeza, iam prolongar a noite no apartamento de um deles. Agarravam-se, riam, falavam alto, tão distraídos que nem olharam na direção de Chaim. Passaram bem ao lado dele, mas ele não foi visto entre os detritos. Quando percebeu que o perigo tinha passado, soltou a respiração. Os soldados foram embora. Ao virar para o lado, levou um susto. Só então percebeu um homem morto ao seu lado, cadavérico, parecia sentado se apoiando no muro. Tinha no braço do paletó uma Estrela de Davi. Chaim respirou fundo. Recompôs-se. Revistou os bolsos do judeu e encontrou meio quilo de pão, que imediatamente começou a devorar. Em seguida, examinou os sapatos do morto. Como estavam melhores que os seus, trocou-os. Constatou que não valia a pena pegar o resto das roupas. Estavam tão velhas e gastas quanto as suas. Começou a sair do pórtico, com muito cuidado para não ser visto. O pão que tinha comido era o suficiente, não valia a pena arriscar a vida para procurar mais comida no lixo, correndo o risco de fazer algum barulho. Quando saiu na rua, uma prostituta que caminhava na calçada o viu e gritou assustada. Antes que ele pudesse pedir a ela que se calasse, uma janela se abriu, um polonês colocou a cabeça para fora, enxergou Chaim, e começou a gritar na noite escura e fria:

– Judeu! Judeu! Tem um judeu na rua!

Os gritos se espalharam pelo ar gelado e congelaram Chaim. A prostituta correu para longe dele como se corresse de um leproso. Atingido pela surpresa, ele não se mexeu. Olhou para a janela de onde vinham os gritos que continuavam a acordar Cracóvia. "Judeu! Judeu!" Outras janelas foram abertas por curiosos. Muitos olharam calados, outros se uniram ao primeiro e gritaram. "Judeu! Tem um judeu na rua!" Das janelas, apontavam o dedo para ele, denunciavam o garoto que tinha ousado ficar fora do gueto. Ele ouviu um tiro, outro tiro, e isso o fez sair do transe.

As balas passaram perto dele, mas não o acertaram, e ele saiu correndo na direção oposta de onde vinham os tiros. Percebeu que eram disparados pelos oficiais nazistas que havia pouco passeavam com as polonesas. Por sorte, estavam bêbados e erraram a pontaria. Além disso, Chaim corria em zigue-zague para não ser atingido. Os dois alemães corriam em sua direção, gritando e atirando. Queriam capturar o judeu, um ato de heroísmo para mostrar às namoradas e, talvez, receber uma medalha. Um belo troféu para se conquistar, quem sabe ganhariam um fim de semana de folga por um ato tão nobre: matar um garoto judeu.

A sorte ainda estava com Chaim. Ao verem os alemães e os tiros, todas as janelas se fecharam. Ninguém queria ser testemunha de nada. O medo imperava. Melhor voltar para a cama, afinal, seria só mais um judeu morto nas ruas de Cracóvia. Sem as pessoas nas janelas, ficava mais fácil encontrar um esconderijo. Os dois alemães corriam, mas a distância entre eles aumentava. O medo de ser pego era maior do que a vontade de quem o perseguia. O garoto tinha mais uma vantagem, conhecia Cracóvia como a palma das mãos, melhor do que os alemães invasores, e buscava ruas pequenas para se esconder.

Corria por vielas, passagens, entrava num prédio que saía em outro, entrava em ruazinhas para despistar os alemães, que corriam e gritavam atrás dele. No silêncio da madrugada, soavam apenas os passos dos três que corriam e os gritos dos alemães. A distância continuava aumentando entre a caça e seus caçadores. Encharcados de álcool, os oficiais alemães começaram a diminuir o ritmo. Embebido de vontade de viver, Chaim não perdia o fôlego. Percebeu a porta de um prédio aberta e entrou. Escondeu-se debaixo da escada. Encolheu-se tanto na escuridão que ficou do tamanho de um rato. Virou um vulto, um nada. Não passava de uma sombra. Prendeu a respiração e esperou o tiro de misericórdia ou o perigo passar. Ouviu os passos e os gritos dos alemães cada vez mais distantes. Meia hora, uma hora, nada aconteceu. Mais uma vez, escapou. "Quantas vezes vou vencer a morte até a guerra acabar?"

O silêncio voltou na noite gelada. Lentamente, ele recuperou o fôlego. Saiu de baixo da escada e começou a procurar outro abrigo. A porta do porão estava aberta. Entrou e tentou enxergar alguma coisa naquele breu. Conseguiu vislumbrar um canto escuro com palha seca espalhada no chão. Exausto, deitou-se para descansar e adormeceu.

.II.

O dia clareia tarde no outono, e Chaim continuou dormindo profundamente. Um lugar quente, uma superfície macia e a tensão da perseguição o levaram a sonhar com outro mundo. Um mundo diferente desse que os alemães destruíram e que nunca mais iria existir para os garotos judeus da Polônia. Um mundo que, de tão distante, parecia não ter existido. Ele sonhou com os amigos da escola que fizeram *bar-mitzvah* com ele. O rabino de barba longa e branca que lhe deu aulas de judaísmo e lhe ensinou o hebraico, a subida na *bimá*[17] para a leitura da *Torá*, orgulho do seu pai e da sua mãe, a festa em casa para a família, os presentes que ganhou dos tios e dos avôs. Tudo isso tinha acontecido havia apenas dois anos e parecia que tinha sido séculos atrás. Todos estavam mortos. Os colegas da escola, o rabino de barba branca, seu pai, sua mãe, sua irmã Ruth, os tios, os avós – ninguém sobreviveu à violência nazista. Apenas em sonho eles continuavam vivos.

Alguém se aproximou, e Chaim acordou. Abriu os olhos e viu um vulto à contraluz. Não sabia se era um soldado alemão que o tinha descoberto. Preparava-se para lutar por sua vida, não iria morrer passivamente, não iria tomar um tiro como se fosse um animal, iria escapar, sobreviver, como prometeu ao pai. Mas, antes que reagisse, uma mão feminina cobriu-lhe a boca com tanta delicadeza que ele imediatamente

---

[17] Local na sinagoga onde é feito o serviço religioso.

percebeu que não precisava fugir, não era um inimigo. Havia muito tempo, ninguém encostava a mão nele dessa maneira.

Quando o vulto se moveu e saiu da contraluz, Chaim enxergou uma mulher de aproximadamente trinta anos, muito bonita, com cabelos dourados e olhos azuis. "É uma polonesa", pensou ele. Ela o olhava carinhosamente e não falou nada. Sua atitude o acalmou. Agora que a luz de fora penetrava no porão, ele examinou o local a sua volta. Um porão pequeno, com teto baixo, dividido em pequenos espaços como caves, as paredes velhas e escuras, o monte de palha onde ele dormiu tão profundamente e alguns móveis velhos guardados por moradores do prédio que escondiam sua presença.

Era Anna. Seus caminhos se cruzaram.

Ela lentamente tirou a mão da boca dele, fazendo sinal para que se mantivesse calmo. Seu gesto, porém, era desnecessário, pois Chaim continuou tranquilo, olhando para aquela mulher tão bonita e tão atenciosa com ele. Sentia que não precisava temê-la. Anna se ajoelhou ao seu lado, e ele pôde examiná-la melhor. Viu que era de fato muito bonita. Por baixo do casaco, vestia roupas claras de algodão. O cabelo, bem cuidado, estava arrumado da melhor maneira que a situação da guerra permitia. Percebeu que ela trouxe um cobertor, com o qual o cobriu lentamente para não assustá-lo. Primeiro, ficou desconfiado, depois aceitou e se sentiu aquecido. "Se ela trouxe o cobertor é porque sabia que eu estava aqui. Ela já tinha me visto dormindo." Sim, ela sabia que ele estava lá, foi até o apartamento e pegou um cobertor para agasalhá-lo.

Anna finalmente falou com ele, bem baixinho, quase sussurrando e com muito carinho na voz:

– Shhh... Meu nome é Anna... Não tenha medo... Quando escurecer, vou trazer comida, agora não posso. Você pode ficar aqui, não tem perigo, raramente alguém entra no porão.

Chaim não respondeu. Olhou desconfiado para ela, sem entender a situação. Uma polonesa ajudando um judeu, arriscando a vida por ele? Mas a expressão de tranquilidade dela o mantinha calmo. De qualquer maneira, ele não tinha opções. Para onde ir? De dia, era impossível se esconder e escapar pelas ruas. Só lhe restava ficar ali deitado até o anoitecer e então fugir. Sua vida estava nas mãos de Anna, e não havia nada a fazer senão confiar que ela não iria chamar os alemães. Anna se levantou, olhando para ele com carinho e tristeza, saiu e fechou a porta. Nem mais uma palavra. Ele também não disse nada. Acompanhou-a com o olhar.

"Quem será esse anjo?", pensou o garoto, enquanto sentia o calor do cobertor, algo que havia muito tempo não sabia o que era. Essa sensação de bem-estar fez com que dormisse novamente. Ele caiu, desfalecido de cansaço. Quando acordou, já era noite. Saiu da cama de palha, foi até a porta, tentando abri-la, mas estava trancada. Procurou uma janela, mas só havia respiradouros no porão. Estava encurralado. Procurou um lugar para se esconder. Ficou assim durante algum tempo, até que ouviu o barulho de uma chave e a porta se abrir. Forçou os olhos para enxergar e reconheceu Anna. Preferiu continuar escondido, não sabia o que ela ia fazer. Do esconderijo, olhou para ela. Um menino desamparado e apavorado. Parecia ter menos de quinze anos. Parecia um pássaro assustado. Magro, fraco, aparentando menos idade do que tinha. Ela olhou para a cama de palha e só viu o cobertor abandonado. Não se espantou. Sabia que ele estava escondido em algum canto do porão e que não adiantava chamá-lo, ele apareceria quando se sentisse seguro. Melhor ter paciência do que fazer algum barulho e chamar a atenção de vizinhos ou do zelador do prédio.

Anna se aproximou da cama de palha, e Chaim pôde ver que ela tinha nas mãos uma panela e uma jarra de água. Comida, comida quente. O cheiro se espalhou pelo porão, encobrindo o cheiro da palha, do bolor e do mofo. Anna deixou a panela e a jarra de água perto de onde ele estava e se dirigiu para a porta. Saiu e a trancou novamente. Ele continuou em seu esconderijo, como um animal acuado que examinava a armadilha. Melhor não se aproximar. Mas o cheiro da comida começou a entrar em seu corpo, invadir sua alma; ele começou a salivar, não conseguia resistir. Além disso, aquela água poderia acabar com a sua sede. Fazia vinte e quatro horas que não bebia nada.

Lentamente, saiu do esconderijo e caminhou em direção à comida da mesma maneira que um animal selvagem examinaria a armadilha de um caçador. Primeiro, aproximou-se; depois, olhou ao redor; por fim, agarrou a jarra e bebeu toda a água de uma só vez. Saciada a sede, tomou a sopa direto da panela, sem usar colher. Colher era um luxo que ele não tinha mais. Também encontrou um pedaço de pão macio e o devorou rapidamente. Quando terminou a refeição, voltou para seu esconderijo, levando o cobertor. Não foi capturado, escapou da armadilha. Enrolou-se no cobertor, e o alimento quente na barriga fez a exaustão levá-lo novamente ao mundo dos sonhos. Quando acordou, Anna estava sentada ao seu lado com um pedaço de pão. Ele abriu os olhos, assustado. Ela começou a acariciar seus cabelos sujos. Ele a olhou desconfiado, pegou o pedaço de pão e começou a comer. Quando acabou, ela esticou a mão para ajudá-lo a se levantar.

– Venha, não tenha medo, não vou entregar você.

Ele se levantou, nenhum dos dois conseguia ficar de pé no porão de teto baixo. Ela saiu primeiro e depois fez sinal para que ele a seguisse. Chaim relutou, mas acabou saindo. Lá fora, percebeu que era madrugada. Todos no prédio dormiam, enquanto os dois subiam a escada em absoluto silêncio.

Chaim acordou numa cama e olhou assustado em volta, examinando onde estava. Descobriu que estava num quarto pequeno, com espaço suficiente para uma cama de casal, um armário de duas portas com um espelho numa delas, um criado-mudo do lado direito da cama e um abajur. Móveis baratos, tudo muito simples. A parede era forrada com um papel de florezinhas delicadas, já um pouco gasto. No teto, um pequeno lustre com duas lâmpadas. O quarto tinha uma janela estreita que dava para uma parede que descia como um fosso de respiração do prédio. Ele não sabia se ficava assustado por estar num quarto estranho ou surpreso por estar deitado numa cama de verdade, com lençol, edredom e travesseiro. Era a primeira vez em dois anos que dormia numa cama. Nesse tempo, só havia dormido em buracos, canais de esgoto, escondido como um animal. Teve dúvidas se deveria levantar correndo para fugir ou se aproveitava aquele momento mágico no meio dos lençóis limpos, como se estivesse flutuando nas nuvens do céu. "Quem sabe morri, e isto é o paraíso", pensou ele.

Ficou ainda por um momento na cama, mas o instinto de sobrevivência o levou a se levantar, e só então percebeu que estava limpo e nu. Ao olhar no espelho do guarda-roupa, assustou-se com a visão do próprio corpo. Os cabelos compridos, uma penugem crescendo prenunciava a barba, mas o que mais o espantou foi sua magreza. Parecia uma pilha de ossos. A clavícula pontuda apontava para o teto. Passou a mão pelas costelas e conseguiu sentir cada osso, parecia um fantasma do que era quando a guerra começou e os alemães decidiram matar todos os judeus. Os olhos estavam opacos. Toda a vida e a alegria que tinha no olhar quando seus pais eram vivos desapareceram. Se há dois anos era um garoto mimado e saudável, agora era algo difícil de ser explicado, um fiapo de ser humano, um fantasma, uma assombração, um *dibuk*[18] fraco e debilitado. Difícil encontrar o menino Chaim nesse reflexo do espelho.

Estava distraído olhando para sua imagem, quando a porta se abriu e, para seu espanto, Anna entrou. Ele ficou petrificado ao vê-la. Não gritou, não reagiu, ficou paralisado. Ela segurava uma sacola de compras na mão e riu ao vê-lo de pé, nu.

Quando percebeu sua nudez na frente da mulher, ele reagiu: correu para debaixo dos lençóis, como se isso fosse alguma forma de proteção. Ficou segurando as cobertas até o pescoço.

Anna o olhou com carinho, e isso o tranquilizou. Ela colocou a sacola de compras no chão, sentou-se na cama ao lado dele. Suavemente, passou as mãos pelos cabelos dele, mas ele reagiu com medo, tirando a cabeça e encolhendo-se na cama. Ela falou baixinho, para só ele ouvir:

— Não precisa ter medo. Não vou fazer mal a você.

Chaim não respondeu, continuou encolhido.

— Achei que você não ia acordar nunca. Tomou uma sopa quente e dormiu quase dois dias seguidos.

Ele permaneceu mudo, sem entender nada, apavorado. Pensou em sair correndo, mas não conseguiria chegar muito longe sem roupas.

---

[18] Espírito maligno.

Era prisioneiro de sua nudez. Magro e debilitado como estava, não tinha forças para enfrentar essa mulher. Só lhe restava aguardar e esperar o momento de fugir.

— Você não lembra o que aconteceu? Subimos escondidos do porão no meio da madrugada, você tomou quase uma panela de sopa quente, dei um banho em você, e mal conseguiu chegar à cama de tão cansado. Deitou e dormiu. Não se lembra de nada?

Chaim balançou a cabeça negativamente.

— A fome era tanta que comeu a língua também? Como é seu nome?

Ele continuou encolhido.

— Pavel, Jan Pavel – balbuciou.

Ao ouvi-lo, ela começou a rir. Um sorriso bonito, os dentes brancos. Conseguia imaginar seus seios volumosos balançando por baixo do vestido.

— Jan Pavel! E eu sou Sara, filha de Jacó! – falou, rindo. – Não precisa mentir para mim. Já vi você nu, sei que é judeu. Nenhum judeu se chama Jan Pavel.

Anna apontou o dedo na direção dele.

— Isso que você tem entre as pernas é de judeu.

Chaim ficou sem graça, se encolhendo mais ainda.

— Não precisa ficar envergonhado, já fui casada, e, se não me engano, são todos iguais. A única diferença é que o seu é circuncidado.

Anna se levantou, abriu o armário, pegou algumas roupas de Marek e as jogou em cima da cama, na direção de Chaim.

— Toma, vista essas roupas e vamos comer. Você deve estar morrendo de fome, e na mesa conversaremos.

Chaim olhou curioso e espantado para as roupas. Seu olhar de curiosidade faz Anna responder enquanto saía do quarto:

— Pode usar sem medo. Eram do meu marido, ele morreu logo que os filhos da puta dos alemães invadiram a Polônia. Morreu defendendo nosso país, foi convocado um mês antes da invasão. Era da cavalaria e foi esmagado por um Panzer. Enquanto no exército polonês a cavalaria usava cavalos, a alemã usava tanques de guerra. *Blitzkrieg*, eles dizem. Guerra-relâmpago.

Chaim pegou as roupas que estavam na cama.

— Kramer, Chaim Kramer.

Anna virou-se para ele, com o olhar triste.

— Chaim Kramer, bonito nome. Agora, vista-se, e vamos comer! Queimei suas roupas velhas, pois não serviam para mais nada. Eram um ninho de pulgas e percevejos, não sei como você ainda não tinha contraído tifo. Eu sou Kowalski, Anna Kowalski.

— Senhora Kowalski, obrigado.

Anna mexeu suavemente os lábios, num arremedo de sorriso, como agradecimento.

— Vamos, vista-se e vamos comer.

Chaim colocou uma camisa branca duas vezes o seu tamanho – teve de dobrar a calça quase até o joelho para poder andar – e calçou meias quentes de lã. Quando se olhou no espelho, não conseguiu deixar de rir.

Deu um passo ao sair do quarto e já chegou à cozinha, um pequeno espaço que também servia como lavanderia e banheiro. Lá havia uma tina, uma pia, um fogareiro de uma boca, um armário sem porta em cima da pia e um pequeno armário de pé para guardar comida. Nada mais. Que diferença do apartamento dos seus pais na Ulica Lubicz! Ele percebeu que a sala do antigo apartamento de sua família era maior que todo o apartamento de Anna.

— Meu marido era bem maior que você – ela comentou ao ver Chaim com as roupas sobrando. — Ele era tão grande quanto esta porta e pesava mais de cem quilos. Depois, eu ajusto isso para você ficar mais confortável – e apontou para uma das cadeiras para que ele se sentasse.

Calado, Chaim se sentia tímido e desconfiado da situação.

No restante do apartamento, havia uma pequena sala, tudo era modesto e simples. Na estante, copos de vidro, algumas garrafas de vodca, a imagem de uma santa padroeira polonesa e um grande crucifixo. Na parede, uma imagem de Cristo e um calendário com fotos dos Cárpatos. Uma poltrona e um pequeno sofá de dois lugares. Um tapete gasto, cortinas velhas de veludo escuro nas duas janelas.

Na cozinha, Anna se sentou numa das cadeiras, Chaim na outra. Quando ela colocou a sopa de batatas no prato dele, a fome o fez perder o controle e ele começou a devorar a comida. Segurava a colher como se fosse uma arma, e quase enfiou a cabeça no prato. Anna o observava com espanto. Chaim percebeu a situação bizarra. Parou de comer e se endireitou na cadeira.

— Desculpe, senhora Kowalski.

Em seguida, segurou o talher corretamente, manteve as costas eretas e começou a comer civilizadamente. Levou a colher devagar à boca, mastigou bem antes de engolir, comeu educadamente, como sua mãe o havia ensinado. Ao se lembrar da mãe, começou a chorar silenciosamente. As lágrimas caindo no prato. A emoção o derrubou.

— Não lembro a última vez que comi numa mesa, dormi numa cama e tomei um banho — Chaim falou, entre lágrimas de muita dor. Era um garotinho frágil, desmoralizado. — Virei um animal! Um animal caçado que vive nas sombras.

Anna o fitou com compaixão. Devagar, colocou a mão nos cabelos dele, e, desta vez, ele não a evitou, apenas chorou silenciosamente. As lágrimas escorriam pelo seu rosto; chorava também pelos judeus de Cracóvia.

— Não, Chaim, você não é um bicho, você é um homem, um lindo garoto perseguido por essa loucura que virou a Polônia.

— Obrigado, senhora Kowalski. A senhora salvou minha vida.

Anna não sorriu. Triste, apenas o olhava.

— Ainda é cedo para me agradecer. Quem garante que ninguém viu a gente? Quem garante que não vão nos entregar? Estamos na Polônia, onde todo judeu é perseguido, e cada vizinho é um espião. Todos têm medo dos alemães, e ninguém vai arriscar a vida sabendo que tem um judeu na minha casa. Se alguém descobrir, vai nos denunciar. Por enquanto, vamos torcer para que ninguém tenha nos visto. Agora coma, você está muito fraco. E, por favor, me chame de Anna. Já que vamos viver juntos, melhor me chamar de Anna.

— Faz anos que me escondo... Que eu não falo com alguém... Eu vivia escondido nas sombras... Achava que não era mais uma pessoa, que era um bicho...

Anna não sorria nem chorava. Não se emocionou. Olhou para o garoto, examinando-o. A guerra endurecia as pessoas.

Chaim terminou de comer. Anna pegou uma garrafa de vodca e encheu um copo. Colocou-o na frente de Chaim. Ninguém falava nada. Anna colocou a mão em cima da mão dele, que tremeu ao sentir a mão quente dela. Ele a olhava. Era o sentimento de alguém que não era tocado com carinho havia muito tempo. Olhava nos olhos dela e segurava seu choro.

– Toma, vai te fazer bem – disse Anna, empurrando o copo na direção do garoto.

Chaim nunca tinha bebido na vida. Pegou o copo e o virou de um gole só. Engasgou, tossiu, a bebida era muito forte para ele. Anna riu da cena, se divertindo.

– Shhh... Silêncio... Não faça barulho ao tossir – falou Anna, rindo.

Chaim não conseguia parar. A bebida queimava sua garganta. Pegou um copo de água e bebeu. Depois, esboçou um sorriso. Ao ver que Anna ria, ele também sorriu um pouco. Ela se levantou e, sem que ele percebesse, o olhou com sensualidade e desejo. Pegou na mão dele e o levou de volta ao quarto.

– Vamos descansar. Você ainda precisa se cuidar, precisa recuperar peso e energia. Nem deve comer muito até que seu estômago se acostume de novo com a comida.

No quarto, Anna fez um sinal para Chaim se deitar. Ele se deitou menos receoso, mais confiante. Não sabia se era a tranquilidade de Anna ou a bebida que começava a subir à cabeça e a deixá-lo relaxado. Para sua surpresa, Anna tirou a roupa e ficou completamente nua, depois, apagou a luz e se deitou embaixo dos lençóis. Mesmo na penumbra, conseguiu ver o corpo dela. Nunca tinha visto uma mulher nua, mas imaginou que Anna tivesse as proporções perfeitas. Seios volumosos, empinados, apontando para frente. Cintura fina torneada e quadril arredondado. Foi uma visão rápida, mas o suficiente para mexer com ele. Mesmo cansado e tonto pela vodca, ficou excitado com a visão do corpo de Anna. Ele não tirou a roupa, deitou-se por cima dos lençóis e não ousou ficar próximo ao corpo nu da polonesa. Ainda era um garoto tímido, e encolheu-se no canto da cama. Anna percebeu, mas agiu naturalmente, sem apressar a situação. Sabia que era preciso dar tempo ao tempo. Ela também estava cansada e, depois de dois copos de vodca, queria apenas dormir. Virou-se, então, para o lado contrário ao dele e adormeceu.

Chaim ficou deitado de costas, olhando para o teto, tentando entender o que estava acontecendo. Por que ele não fugia? Por que não aproveitava que ela estava dormindo e voltava a se esconder pelas ruas de Cracóvia como uma raposa caçada por uma matilha de cachorros alemães? O mais lógico seria ele fugir sorrateiramente para um lugar onde ninguém encontrasse um judeu escondido, onde ninguém soubesse que ele era um judeu lutando para sobreviver. Racionalmente, achava que tinha de fugir; emocionalmente, queria ficar. Comida quente, uma cama macia, limpeza, uma pessoa para conversar. Seu coração lhe dizia para ficar, mesmo que durasse pouco, tinha de ficar. Por fim, o cansaço o venceu, e ele acabou adormecendo.

Quando o dia amanheceu, Anna foi a primeira a acordar. Chaim, com o frio da noite, terminou embaixo das cobertas e, mesmo dormindo, buscou o calor do corpo de Anna. Estavam encostados um no outro. Ele ainda dormia profundamente. Ao seu lado, ela o fitava bem de perto. Por alguns instantes, manteve-se imóvel, sentindo prazer com a proximidade daquele corpo quente e jovem junto ao dela. Fazia muito tempo, desde que o seu marido tinha morrido, que ela não sentia o calor de um homem, que não tinha um homem em sua cama. Por fim, começou a acariciar os cabelos dele, depois colocou a mão em seu rosto e começou a beijá-lo. Chaim estava tão cansado que não acordou. Ela ficou muito excitada com os lábios e o corpo quente dele. Não resistiu. Colocou a mão dentro da calça que foi do seu marido e que havia ficado muito larga em Chaim. Procurava seu sexo. Nunca tinha tocado em um membro circuncidado, e achou diferente. Mesmo dormindo, Chaim teve uma forte ereção, o que a deixou mais excitada ainda.

Ela precisava de um homem. Seu marido tinha morrido no final de 1939, quando os alemães invadiram a Polônia e começaram aquela guerra estúpida e sem sentido. Seus últimos anos foram de muita luta pela sobrevivência, sem o dinheiro que o marido ganhava e sem a proteção que ele lhe dava. Não era fácil ser uma mulher solitária numa Polônia ocupada pelos inimigos. Anna também estava carente, precisava de calor humano, se sentir mulher novamente. Tinha apenas trinta anos, encontrava-se no auge da sua potência sexual, mas aquela maldita guerra e a morte do marido fizeram-na colocar o sexo de lado. Isso não significava que havia abandonado seus desejos. Era apenas uma pausa, até que tudo voltasse ao normal. E a presença de um garoto como Chaim, imaturo e inexperiente, mas muito viril, trazia-lhe um desejo que tinha deixado em suspenso.

Sem fazer barulho para que os vizinhos nada ouvissem, numa dança de sexo muda e silenciosa, como se amariam os fantasmas, ela subiu em cima dele para cavalgá-lo. O membro duro de Chaim a penetrou, e ele acordou. Percebeu a situação e ficou assustado. Anna cobriu a boca dele com as mãos para que ele não fizesse barulho. Não sabia como reagir, nem o que fazer. Ele sentia muito prazer, e ela comandava a situação. A excitação tomou conta dele. Nunca havia penetrado uma mulher, nunca havia sentido isso. Anna começava a se movimentar e a beijá-lo. Ele permitiu e retribuiu. Ela o despiu de sua camisa e sua calça, deixando-o nu. Pegou então as mãos dele e as levou aos seus seios. Ele os segurou com medo e, ao mesmo tempo, sentindo um desejo incontrolável, uma sensação que nunca tinha experimentado antes. Um misto de medo e prazer, de frio e calor, de úmido e seco. Deixou que ela o beijasse, que o cavalgasse. Acabou entrando no jogo. Chaim se entregava. Anna subia e descia num movimento sensual e, ao perceber que ele ia gemer, fez-lhe sinal para ficar quieto, manter o silêncio. Apesar da fúria e do calor da situação, dos movimentos bruscos entre os dois, o silêncio era total, como se os dois corpos estivessem imóveis, paralisados. Quando Anna percebeu que Chaim finalmente chegaria ao ápice, colocou a mão com força na boca dele. Chaim arregalou os olhos, mas entendeu o gesto. Os dois explodiram juntos sem emitir um único som. Como uma bomba atômica que explodia a quilômetros de distância, da qual se sentia apenas o vento da poeira e o brilho da explosão. Nenhum barulho. Os dois se agarraram e se embalaram sem fazer nenhum som. Ao final, estavam exaustos e suados. E tombaram na cama.

Chaim permaneceu quieto, sem saber o que dizer. Só sabia que o prazer que sentiu era algo incrível e que nunca experimentara antes. A pele de Anna, o calor do corpo dela, a consistência dos seus seios, o cheiro que dela exalava, tudo isso lhe dava a sensação de estar no céu. Tentava entender o que tinha acontecido nos últimos dias. De uma vida de rato caçado e acuado pelos esgotos de Cracóvia para a cama de uma mulher que fazia sexo com ele. Não fazia sentido, mas deveria haver uma explicação. Ele queria perguntar para alguém o que estava acontecendo. Para seu pai, para seu professor, para o rabino. O mundo realmente havia virado de ponta-cabeça.

Anna também achou tudo muito estranho. Havia saído várias vezes com Sonja para bares e festas, e jamais teve de dormir com outro homem. Por um lado, achava que devia sua castidade a Marek, que seria uma traição com o marido morto; por outro lado, não tinha encontrado nenhum homem a quem desejasse se entregar. Sentia vontade de fazer sexo, mas resolvia isso sozinha. Sonhava com o marido, imaginava que ele a possuía, acordava suando. E, de repente, um menino magro, frágil e abandonado entrou em sua cama e fizeram amor tão intensamente. O oposto do seu marido, que era grande e forte. Um garoto totalmente inexperiente nas coisas do amor e que, no entanto, a satisfez de maneira completa. Como se fosse Marek. Ela também tentava entender o que tinha feito seu mundo virar de ponta-cabeça.

Não podia haver casal mais estranho. Uma linda, sensual e experiente polonesa e um garoto judeu franzino e assustado. Isso na Polônia ocupada pelos nazistas, onde essa relação, se descoberta, seria a condenação à morte imediata dos dois. Num país onde entregavam judeus às autoridades em troca de um pouco de comida. Gato e rato vivendo na mesma cama. E ambos sendo vigiados pelo caçador.

Anna se virou para o criado-mudo, pegou um cigarro e o acendeu. Ele se cobriu; ela não se importava com a nudez.

— Fazia tempo que um homem não se deitava na minha cama.

O comentário deixou Chaim envergonhado.

— Senhora Kowalski, é a primeira vez que eu... Nunca tinha feito isso.

Anna deu uma tragada forte e soltou a fumaça.

– Eu sei, você ainda é um garoto, mas foi muito bem. E vai melhorar... Temos muito tempo para praticar...

Em seguida, ela se levantou e, com um casaco nas costas, saiu do quarto, indo para a minúscula cozinha.

– Agora vou comer alguma coisa porque preciso trabalhar. Não se esqueça, quando eu sair, não faça barulho. Os vizinhos acham que o apartamento vai ficar vazio. Se descobrirem que você está aqui, nós dois seremos mortos.

Chaim ficou na cama. Não se mexeu. Anna tomou um rápido café da manhã e voltou ao quarto para se vestir. Ele apreciava cada detalhe. Observava seus gestos ao calçar as meias de seda, puxá-las com a cinta-liga, a calcinha, ajeitar os seios no sutiã. Anna terminou de se arrumar e foi para a sala. Ele sentiu outra ereção, ficou envergonhado ao mesmo tempo em que se deixou largar na cama, como não fazia havia anos.

– Não se preocupe, provavelmente eu nem vou sair da cama, senhora Kowalski, quer dizer, Anna. Quero ficar aqui o dia inteiro, aproveitar tudo isto. Fazia tanto tempo que não dormia numa cama tão limpa, tão gostosa – ele falou com um sorriso nos lábios e lágrimas nos olhos, sentindo uma vontade de chorar de alegria que controlou com muita dificuldade.

Anna percebeu sua emoção e falou carinhosamente:

– Volto à noite. Você pode ficar aí e recuperar suas forças. O importante é não fazer barulho; lembre-se de que as paredes têm ouvidos!

.12.

Anna voltou do trabalho carregando uma sacola com um quilo de pão, manteiga e algumas fatias de bacon, a única carne que conseguiu comprar na Polônia ocupada. Depois de trabalhar o dia todo, ainda enfrentou uma fila no açougue para comprar esses duzentos gramas de carne de porco.

#

Depois de conquistar Holanda, Bélgica, Dinamarca e França, os alemães marcharam em junho de 1941 em direção a Moscou. Era a Operação Barbarrosa, que se iniciava com toda a violência. Atravessando o território polonês, o exército alemão atacou a Rússia. Como o sonho de expansão do Terceiro Reich envolvia todas as terras a leste, Hitler simplesmente ignorou o pacto de não agressão Ribenntrop-Molotov, assinado entre os chanceleres dos dois países poucos dias antes de a Alemanha invadir a Polônia. Nesse pacto foi acertada a partilha de territórios do leste, entre eles grande parte do território polonês, invadida pela União Soviética pouco depois de a Polônia ser atacada pelos alemães. Antes disso, a Polônia tinha sido dividida entre esses dois países. Enquanto a Polônia lutava na frente oeste contra a invasão alemã, foi apunhalada nas costas pelos exércitos de Stalin, que invadiram uma parte do país. Era uma nação dividida entre nazistas e comunistas.

As filas de espera por comida acabaram sendo um bom lugar para obter informações, por isso, ficar uma hora nelas não era tão ruim assim. Mas as notícias não eram animadoras. O exército alemão avançava rapidamente em direção às grandes cidades de Stalingrado, Leningrado e Moscou. Uma vez conquistadas, o império russo cairia aos pés de Hitler.

Em 1941, o exército vermelho não estava preparado para enfrentar o avanço germânico. Stalin assinou o pacto Ribenntrop-Molotov com a esperança de ganhar tempo para preparar seu exército. Fabricava rapidamente aviões, tanques, morteiros, e os alemães tinham conhecimento disso. Hitler achava que, quanto mais rápido fosse o ataque, maiores seriam as chances de vitória antes que o gigante soviético se armasse. Mas Hitler também subestimava a capacidade dos soldados russos e a obstinação de Stalin em defender sua pátria com unhas e dentes. Os generais alemães eram contrários à vontade de Hitler de atacar a Rússia naquela época do ano. Temiam que o inverno chegasse antes do fim da guerra e isso estancasse os exércitos alemães. Mas Hitler se sentia orgulhoso e poderoso demais, depois de conquistar grande parte da Europa, para não acreditar numa vitória rápida contra os comunistas. Ninguém podia deter o poderio alemão. Para o Führer, os comunistas russos eram camponeses ignorantes que não conteriam a Wehrmacht e a Luftwaffe – as forças armadas e a força aérea alemãs. Ele tinha certeza de que ia passar o final de ano em Moscou.

O final da história não foi esse. Os exércitos alemães foram detidos pela férrea resistência russa. Quando os alemães estavam prestes a conquistar as cidades mais importantes, Stalin determinou que recuar seria considerado crime contra a pátria, punido com a morte. Stalin não admitia mais recuos, pois, com isso, toda a Rússia cairia. Com ajuda de Béria, o poderoso e sanguinário chefe da NKVD, antiga KGB, tomou essa decisão cruel, mas necessária. Quem desobedecesse a essas ordens seria fuzilado. Organizaram, então, uma linha de soldados atrás da frente de combate que atirava em quem recuasse. Ou seja, não havia como retroceder. Por mais que os alemães forçassem o ataque, os soldados russos não poderiam recuar. Matavam os alemães e continham o avanço, ou recuavam e seriam fuzilados. Havia, também, milhões de soldados russos dispostos a morrer pela pátria. Esse esforço supremo deteve o avanço alemão.

Além disso, no outono, com o avanço dos tanques alemães, as planícies secas das estepes russas ficavam cobertas de pó. A poeira cegava, irritava a garganta, penetrava nas armas e nos motores, e nada funcionava. Enfim, chegou o general russo Inverno, o mesmo que já tinha derrotado as tropas de Napoleão. O exército alemão, confiante na vitória, não estava preparado para enfrentar o frio das estepes russas, e os problemas começaram.

Os uniformes dos nazistas não eram apropriados para lutar a cinquenta graus negativos. A logística de suprimentos era falha: as tropas nazistas estavam muito distantes das bases para serem alcançadas a tempo. Faltavam roupas de inverno, comida, munição e combustível. Os soldados nazistas começaram a sofrer com o frio. Congelavam nas trincheiras. Um judeu húngaro, László Ferenczi, que combatia ao lado das tropas russas, contou depois da guerra que quem ficasse parado por mais de sessenta segundos congelava. O frio era tanto que precisavam acender fogueiras debaixo dos motores dos aviões para descongelar o óleo e fazer o motor funcionar. Os soldados alemães, mal alimentados e enfraquecidos, sofriam de diarreia, e, ao defecar, o frio era tanto que congelava o ânus, causando a morte de muitos deles.

O terror da Segunda Guerra foi inimaginável. Quando a primavera chegou, a neve derretida transformou os campos de batalha em lamaçais, que impediam o avanço dos imbatíveis Panzer, engoliam as pernas dos soldados, atolavam as rodas dos tanques – um horror total. Da poeira para o gelo; do gelo para a lama. Nenhum soldado aguentaria isso. O Blitzkrieg agora era uma lenta máquina de guerra. O exército alemão não se movimentava como antes. Esse atraso, além de abalar o moral dos alemães, deu tempo à indústria russa para fabricar as armas necessárias. No início de 1943, começou o contra-ataque do exército vermelho e o início da derrota nazista.

#

Em 1942, Anna ainda não sabia que a invasão da Rússia significaria o grande erro dos alemães. Ela só ouvia notícias pessimistas, mesmo porque a censura alemã e a máquina de propaganda de Joseph Goebbels assim queriam. Escondiam as derrotas germânicas e mentiam para a opinião pública. "Os russos estão se entregando! Os alemães avançam rapidamente! Cada dia mais e mais territórios soviéticos são conquistados! Depois da Rússia, cairá a Inglaterra, e o sonho do *Führer* de conquistar o mundo será realizado!" Os poloneses acreditavam que seu destino seria o pior possível. Depois dos judeus, quem Hitler mais odiava eram os poloneses. Mas não havia nada que se pudesse fazer, apenas esperar que os exércitos aliados invertessem o curso da guerra e derrotassem a Alemanha, a Itália e o Japão, que a essa altura já tinha atacado Pearl Harbor, obrigando os Estados Unidos a entrarem na guerra. Parecia um sonho libertar a Polônia, mas, na guerra, pouco restava além de sonhar.

Ao chegar em casa, Anna subiu as escadas propositalmente de maneira barulhenta, mais que o comum, para saber se algo de estranho tinha ocorrido em seu apartamento. Queria chamar a atenção dos vizinhos para ver se algum curioso lhe perguntaria algo sobre a noite passada e também para alertar Chaim de que estava chegando. Nenhum vizinho apareceu no corredor, o que a deixou tranquila. Parecia que ninguém sabia da presença de Chaim. Se desconfiassem de algo, Anna pensou, com certeza colocariam seus narizes metidos para fora e fariam perguntas acusadoras. Cada vizinho podia ser um inimigo. O risco de vida e a luta pela sobrevivência transformavam as pessoas em feras.

Anna pegou a chave, destrancou a porta do apartamento e colocou a cabeça para dentro. Tudo estava em silêncio, as luzes apagadas. Se a polícia alemã descobrisse que ela escondia um judeu, seria punida com o fuzilamento. Se ela tivesse família, todos seriam mortos. Algumas vezes, todos no prédio eram punidos, com a justificativa de que os vizinhos não foram cuidadosos o suficiente para perceber a presença de um judeu. Mesmo que fosse uma criança. Assim era a Polônia naquela época cruel. Anna colocou a sacola no chão e, cuidadosamente, foi até o quarto, abrindo a porta devagar. Chaim ainda estava deitado na cama, sonolento. Quando percebeu a presença de alguém no quarto, levou um susto e quase pulou da cama, mas se acalmou ao ver Anna. Ela entrou e tirou o casaco, que jogou na cama.

– Dormi o dia todo. Nem levantei daqui – disse Chaim.
– Mais uns dias e você estará recuperado – respondeu Anna.

Chaim se levantou, vestiu a calça e a camisa. Ela foi para a cozinha, seguida por ele. Anna colocou o pão e a manteiga na mesa e fritou o bacon.

Cortou o pão em fatias e deu uma parte para Chaim, que devorou tudo, rapidamente. A fome parecia não ter fim.

Anna comeu, sempre observando o garoto. Ela foi até a sala, pegou uma garrafa de vodca e serviu os dois, bebendo a sua dose de um gole só. Chaim, desta vez precavido, tomou a bebida em pequenos goles, apertando os olhos ao sentir a garganta queimar. Mas sentia que a vodca lhe fazia bem. Ela encheu novamente os copos, pegou um cigarro e o ascendeu.

Anna interrompeu o silêncio e perguntou:

– E sua família? O que aconteceu com eles?

Chaim se encostou na cadeira com o olhar perdido e a expressão triste. Seus olhos começavam a brilhar com as lágrimas.

– Éramos quatro. Meu pai, Mendel, minha mãe, Clara, e minha pequena irmã, Ruth. Minha irmã tinha oito anos, era uma menina bonita e alegre, estava sempre brincando. Quando o gueto foi formado, nós nos separamos. Eles foram para trás dos muros, e eu fiquei do lado ariano, para poder trabalhar e ajudar. Depois que o gueto foi fechado, perdi o contato com eles. Nunca mais tive notícias. Primeiro, foram para Plasow, depois não sei mais o que aconteceu.

Anna tomou mais uma dose de vodca e voltou a encher o copo.

– E como você conseguiu escapar?

Chaim respondeu baixinho.

– Meu pai que insistiu. Eu queria ir junto, mas ele não deixou. Achava que se eu ficasse fora do gueto poderia ajudar, conseguindo comida para eles. Eu tinha um documento falso com o nome de Jan Pavel. Eu não pareço judeu.

Anna o examinou. Segurando em seu queixo, virou-o de lado, mexeu nos seus cabelos loiros.

– É verdade. Não parece judeu.

Chaim continuou a explicar e chorava enquanto falava.

– Meu pai falou para eu ficar fora do gueto e levar comida para eles. Assim poderiam sobreviver. Eu escondi as joias e a prataria da família num buraco no jardim do prédio, mas roubaram tudo: os anéis da minha mãe, os broches, os castiçais e os talheres de prata, isso valia muito. Alguém me viu escondê-los e pegou tudo. Meu pai me disse para tomar cuidado... Mas alguém descobriu... Eu tinha um documento falso para poder trabalhar como polonês, mas ganhava muito pouco. No fim, não conseguia mais trabalho.

Anna pegou na mão dele para acalmá-lo.

– O que aconteceu com seu documento falso?

Chaim resumiu toda a sua história, desde o mercado de Cracóvia até quando foi morar na fazenda. Mas omitiu que se achava culpado por ter causado a morte do casal de velhos que o abrigou. Ficou com medo de que Anna achasse que isso poderia acontecer também com ela, e o expulsasse do apartamento. Ele nem precisava falar nada, ela sabia muito bem o risco que corria ao esconder um judeu.

– Consegui fugir, mas sem documentos não conseguia mais trabalhar. Vivia escondido, só me escondia, fugia, dormia em buracos, comia lixo.

Anna se levantou, abraçou a cabeça dele e a apertou contra seus seios. Ele chorou copiosamente. Ela sentia as lágrimas quentes molharem seu corpo. Soltou-o, foi até a porta do quarto e se virou para ele.

– Venha, esta guerra é maldita, e os alemães são demônios filhos da puta. Ninguém sabe o dia de amanhã. Vamos esquecer esta guerra. Pelo menos por algumas horas.

Chaim se levantou e a seguiu. Ela tirou a roupa e se deitou. Chaim também se deitou. Os dois começaram a se beijar, ela o despiu. Os dois se abraçaram de maneira muito carnal, com uma vontade imensa de fazer sexo. Ele, um garoto inexperiente; ela, uma mulher experiente. Mais uma vez, os dois se agarraram em total silêncio para que os vizinhos não ouvissem. A fúria sexual contrapunha-se ao silêncio absoluto.

Chaim acordou no dia seguinte sozinho na cama. Anna já não estava, tinha ido trabalhar. Ele se vestiu com cuidado para não fazer barulho. Era hora de sair da cama e conhecer o lugar onde estava escondido. Melhor se preparar para uma fuga de emergência. Nesta época, em que os alemães caçavam os judeus como animais, ele aprendeu que era bom estar sempre pronto para desaparecer rapidamente. Foi até a cozinha, pegou um pedaço de pão, passou manteiga e o comeu. Ainda não conseguia comer como o garoto de antes da guerra. Tinha medo de que a comida acabasse.

Terminado o lanche, foi à sala pela primeira vez. Olhou tudo, examinou cada detalhe. Sentou-se no sofá e ficou quieto por um tempo, evitando fazer qualquer barulho. Afinal, o menor ruído poderia denunciá-lo, colocando a sua vida e a de Anna em perigo. Olhou para as janelas, mas teve medo de olhar para fora e ser visto. Sempre tinha alguém bisbilhotando o apartamento dos vizinhos. Melhor seria ficar longe das janelas.

Chaim sentiu frio, muito frio, pois o aquecedor ficava desligado durante o dia para não chamar a atenção e por motivos de economia. Levantou-se e, em silêncio, voltou ao quarto para procurar um casaco do marido de Anna. Abriu a porta do armário com cuidado e encontrou uma malha de lã grossa. Vestiu-a, voltou para a sala e ficou sentado no sofá. O tempo passava lentamente. Uma hora, duas horas, quatro horas...

Entediado, resolveu procurar algo para fazer. Em silêncio, andava pelo apartamento sem sapatos, só de meias, para não fazer qualquer barulho. Começou a procurar por um livro na estante da sala. Não achou. Procurou nas gavetas. Abriu todas no maior silêncio, bem devagar. Não encontrou nada. Olhou para a parte de cima da estante e achou que ali pudesse encontrar alguma coisa. Pensava que pelo menos a Bíblia ela devia ter. Qualquer coisa para ler e passar o tempo ou ele enlouqueceria. Andava como um gato, sem fazer ruídos. Pegou uma cadeira na cozinha e, em silêncio, colocou-a do lado da estante da sala. Subiu para ver se encontrava algo.

Em cima da estante, tocou numa pequena mala, mas, ao deslocá-la, acabou derrubando o capacete que estava sobre ela. O capacete do marido de Anna, que morreu tentando salvar a Polônia dos nazistas. Tentou evitar a queda, mas foi em vão. O metal bateu no piso de madeira fazendo um barulho assustador. Em cima da cadeira, ele não se moveu, olhou para baixo, para o capacete que ainda balançava de um lado para o outro, e ficou apavorado. Em qualquer situação diferente daquela, seria apenas um simples barulho; naquele momento, significava sua sentença de morte. Ficou parado como uma estátua, olhando para o capacete que terminava o seu balançar.

Para Chaim, o ruído do capacete contra o piso podia ser o som da morte. Um barulho. Um susto. Ele olhou, apavorado. Isso podia significar a morte dele e de Anna. "Que idiota! Por que não fiquei quieto na cama?" Permaneceu congelado em cima da cadeira.

No apartamento do andar de baixo, a desagradável vizinha de Anna, a sra. Novak, estava sentada na sala, costurando, quando ouviu o barulho que vinha do apartamento de cima. Parou de costurar para prestar mais atenção ao que ouviu. Olhou para cima, atenta, queria saber se o barulho continuava. Tentou identificar aquele ruído. Colocou o trabalho no colo e não se mexeu. No piso superior, no apartamento de Anna, o garoto continuava em cima da cadeira, sem se mexer. Quase não respirava. Ele também se perguntava se alguém teria ouvido o barulho. "Não tinha como não ouvir. Um capacete caindo no chão, seu idiota! Agora não se mexa. Fique parado."

E ele não se mexia. Parecia mesmo congelado. Assustado, olhava para o capacete no chão como se fosse um ser animado que pulou para o piso para atacá-lo. No apartamento de baixo, a mulher se levantou em silêncio e foi até o local equivalente na sua sala de onde tinha vindo o barulho. Olhou para cima, esperando ouvir mais alguma coisa, e ficou parada no meio da sala, olhando para o teto. No andar de cima, Chaim também ficou parado, olhando para baixo. Os dois olhares se dirigiam para o mesmo ponto, mas em sentidos opostos.

Chaim mal respirava em cima da cadeira. Não ousava se mexer, mas suas pernas começaram a doer. Ficar de pé numa cadeira sem se apoiar em nada não era nada confortável, mas ele não queria descer, ir para o sofá ou para a cama e fazer mais barulho. O frio incomodava, começou a sentir cãibras, mas se manteve imóvel.

Senhora Novak, a vizinha intrometida, decidiu ir ao apartamento de Anna para ver o que estava acontecendo. Um barulho num apartamento vazio era muito estranho. Ela saiu do seu apartamento, subiu um lance de escada e bateu na porta de Anna.

– Senhora Kowalski?

Quando Chaim a ouviu bater na porta e chamar pelo nome de Anna, entrou em pânico. "Ela ouviu o barulho!", pensou ele.

A senhora voltou a bater na porta e a chamar pela vizinha.

– Senhora Kowalski, a senhora está aí? Tem alguém em casa?

A insistência da mulher e a possibilidade de ser descoberto o deixaram apavorado. "E se ela tiver a chave e entrar no apartamento? E se pedir para o zelador abrir a porta? Agora, a caça aos judeus se tornou o esporte favorito dos poloneses." Ele sabia que, se entrassem no apartamento, seria o seu fim e o de Anna, sua protetora. E começou a suar frio.

A teimosa vizinha segurou na maçaneta por um instante e analisou se deveria ou não abrir a porta. Decidiu que sim. Puxou a maçaneta para baixo e a empurrou. Do lado de dentro da casa, Chaim viu o movimento da maçaneta e precisava tomar uma decisão rapidamente. Sair correndo e atacar aquela senhora para fugir, esconder-se não sabia onde ou aguardar pelo seu destino?

.13.

São Paulo,
novembro de 2004

A barba por fazer havia um mês dava a David um ar envelhecido e cansado. Terminou a *shivá*, o mês de luto, quando não se devia fazer a barba. David era mais tradicional que seu pai. Curiosamente, a geração nascida no Brasil parecia mais religiosa do que os pais que haviam imigrado por causa da Segunda Guerra.

#

Uma das explicações para essa maior religiosidade poderia ser a busca das raízes, das origens. Outras seriam a busca de apoio espiritual numa sociedade tão materialista como a atual e o desejo de preservar o grupo. Na Europa do leste, os judeus viviam em comunidades, forçosamente isolados da população do país onde nasceram. Muitos falavam apenas o iídiche, a língua dos judeus do leste, e não tinham nenhuma relação com seus vizinhos não judeus. As perseguições eram constantes. Mesmo em países como a Polônia, onde os judeus viviam há oitocentos anos, ou na Lituânia, aonde chegaram seiscentos anos atrás, continuavam sendo vistos como estrangeiros. Seus impostos eram maiores que os da população local, tinham cotas limitadas para frequentar escolas e universidades, sofriam constantemente pogroms,[19] *não podiam morar em qualquer*

---

[19] Ataque violento contra comunidades judaicas e suas propriedades, principalmente no Leste europeu, a partir de 1880 até o final da Segunda Guerra Mundial.

lugar da cidade, tinham limitações para trabalhar em áreas governamentais, além de várias outras proibições. Na Rússia, na Ucrânia, na Letônia, na Hungria e em todo o Leste europeu era assim, e em outros países da Europa, como na França e na Alemanha, as perseguições e o antissemitismo eram também comuns. Sem falar na Inquisição, que expulsou os judeus de Portugal e da Espanha. Os compatriotas não judeus estavam sempre lembrando a eles que eram estrangeiros, mesmo depois de dez, vinte gerações. Havia sempre um antissemita para lembrar que eram judeus. No Brasil, isso não acontecia. Viviam livremente, tinham todos os direitos, eram cidadãos brasileiros. A assimilação era muito fácil, os casamentos mistos aconteciam com frequência. Então, buscavam apoio espiritual para preservar suas origens e suas raízes. Eram brasileiros antes de qualquer coisa, mas também queriam manter as tradições judaicas. A religião era o caminho natural para isso.

#

David frequentava a sinagoga algumas vezes por ano, colocava *tefilin*[20] todos os dias, menos no sábado e nas grandes festas, sua mulher acendia velas no *shabat*,[21] mas eles não eram *kasher*,[22] não seguiam as regras alimentares dos judeus, porque não conseguiam resistir à culinária brasileira, com suas misturas, seus temperos e aromas. Não tinham como evitar um churrasco de picanha, por exemplo.

David puxou a mala de rodinhas para a sala do apartamento.

– Pai, o vovô odiava aquela polaca que ia denunciá-lo, pra que ir atrás dela? – falou o filho ao vê-lo entrar na sala.

– Graças a Deus, ele fugiu e sobreviveu pra chegar aqui! – comentou a filha, preocupada. – Esqueça o passado.

---

[20] Filactérios – pergaminhos manuscritos com salmos, embalados em caixas de couro, com tiras também de couro, para serem utilizados por judeus no braço e na cabeça durante a cerimônia religiosa.

[21] Sábado – dia sagrado e de descanso para os judeus.

[22] Regras judaicas de alimentação.

David segurou o rosto da filha carinhosamente nas mãos.

— Esquecer? Não se pode esquecer a *Shoah*. Esquecer o passado é dar as costas aos seis milhões de judeus que morreram no Holocausto. Esquecer é morrer duas vezes, como disse o escritor Elie Wiesel.

— Então, me deixa ir com você — pediu o filho. — Acho que não vai ser legal você vivenciar toda essa história sozinho.

— Eu vou sozinho. Preciso ir sozinho.

.14.
Cracóvia, novembro de 2004

O aeroporto de Cracóvia é uma construção prateada moderna e bonita. Desde que a Polônia libertou-se da União Soviética e preparou sua entrada na Comunidade Europeia, o governo polonês investiu pesado no desenvolvimento do país, e Cracóvia se tornou o maior centro de turismo polonês. A reforma do aeroporto foi fundamental para isso. Cracóvia teve a sorte de não ser destruída durante a guerra pelos alemães ou pelos soviéticos. Joseph Buehler, o último governador da Cracóvia ocupada, recusou-se a seguir as ordens de Hitler e dinamitar a cidade quando bateu em retirada. A ordem de Hitler era "terra arrasada", sair destruindo tudo. Buehler não respeitava a vida humana, mas respeitava a arquitetura. Ele considerava a cidade bonita demais para ser destruída, e isso a salvou da destruição. Os russos não encontraram resistência quando chegaram, pois os alemães tinham fugido, e não houve grandes combates nas ruas. Com isso, a cidade ficou de pé.

De fato, é uma cidade encantadora, com construções antigas e ruas pequenas. O antigo bairro judeu de Kazimierski é hoje uma região boêmia, repleta de bares e restaurantes frequentados pelos jovens que estudam na cidade. A praça Rynek Krakowski é uma das maiores praças medievais da Europa, cercada de imponentes construções antigas e de um anel de bares com seus imensos guarda-sóis, sempre repletos de turistas tomando grandes canecas de cerveja da marca mais famosa. O castelo de Wawel, às margens do Vístula, é outro importante ponto turístico. Cracóvia talvez seja a cidade mais bonita da Polônia e a que mais recebe turistas estrangeiros.

Lamentavelmente, não apenas a alegria de viver atrai turistas a Cracóvia. A lembrança da morte leva anualmente um milhão de visitantes de todo o mundo e todas as religiões a essa região para conhecer os marcos do Holocausto. O principal ponto da visita é o complexo de campos de concentração e extermínio Auschwitz-Birkenau, localizado a apenas sessenta quilômetros, na cidade de Oswiecin, o equivalente do nome alemão Auschwitz. Também visitam a antiga fábrica de Oscar Schindler, o bairro onde ficava o Gueto de Cracóvia, o local onde foi erguido o campo de Plaszow, as sinagogas do bairro de Kazimierski.

Dezenas de milhares de judeus também visitam anualmente a Polônia. A maioria é descendente de poloneses sobreviventes do Holocausto, que passaram por guetos, campos ou fugiram antes de a guerra começar. Visitam os mesmos "pontos turísticos", mas com olhar diferente, com o sentimento de quem cresceu ouvindo histórias de familiares sobreviventes. Escolas judaicas de vários países do mundo têm programas educacionais para ensinar aos estudantes in loco *o que foi o Holocausto. Existe um projeto mundial chamado "Marcha da vida", que organiza anualmente uma viagem com milhares de pessoas para conhecer em toda a Polônia a história do Holocausto. A visita termina com uma caminhada silenciosa de três quilômetros entre Auschwitz e Birkenau.*

Muitos desses judeus que visitam a Polônia tentam encontrar as antigas propriedades – casas, prédios, lojas, fábricas – dos parentes que fugiram ou foram assassinados pelos nazistas.

Havia três milhões e trezentos mil judeus na Polônia antes de ser invadida pelos alemães e de o Holocausto ser implementado. O que devia significar aproximadamente oitocentas mil propriedades de judeus. Quando o Holocausto terminou, apenas trezentos mil estavam vivos. Hoje, menos de dez mil vivem em território polonês. Essas propriedades, bens, móveis, obras de arte, instrumentos musicais, livros, objetos pessoais de valor, roupas, automóveis, onde foram parar? O que aconteceu com isso tudo? Sabemos que muitos foram confiscados, roubados, vendidos, doados, queimados, destruídos. Foram para a Alemanha, onde os alemães tomaram posse, ou ficaram na Polônia para uso dos não judeus.

\#

Em frente ao aeroporto de Cracóvia, David entrou num táxi. Enquanto o carro circulava pela periferia, David observava os detalhes atentamente. Prédios de três ou quatro andares sem muito luxo, construídos depois da guerra com a ajuda de Stalin, seguindo o padrão soviético de imóveis práticos, apartamentos pequenos, para resolver com urgência o problema do déficit habitacional do pósguerra. Quando o táxi se aproximou da parte histórica, a cidade antiga, David começou a conhecer a verdadeira Cracóvia. A primeira construção que chamou a sua atenção pela imponência foi o castelo renascentista Wawel, do antigo rei Sigmund, construído durante seu reinado, que foi de 1506 a 1548, e que domina toda a cidade. Do alto de suas torres, os guardiões podiam enxergar a quilômetros de distância, principalmente porque a Polônia é praticamente uma grande planície. Os bondes vermelhos também chamaram a atenção de David. A última vez que ele viu bondes foi em São Paulo, na década de 1960. Ele se perguntava por que todas as cidades da Europa mantinham os velhos e bons bondes e São Paulo tinha acabado com eles. Quando cruzou uma ponte sobre o Vístula, impressionou-se com o volume de água do rio que cruza toda a Polônia de norte a sul, e mais uma vez era impossível deixar de fazer comparações com sua cidade natal. "Por que o Vístula é limpo, navegável, e os rios de São Paulo são verdadeiros esgotos a céu aberto, sendo que Cracóvia tem quase mil anos a mais que São Paulo?"

Suas divagações terminaram quando o táxi se aproximou de Kazimierski.

O carro saiu da avenida dos bondes, entrou por uma rua estreita onde mal passavam dois carros e chegou à pequena praça central do antigo bairro judeu de antes da guerra, que ainda se parecia muito com um centro judaico. Todas as lojas, bares, restaurantes e hotéis tinham nomes judeus. Os letreiros eram escritos com letras que lembravam o hebraico. O bairro prestava homenagem aos judeus que não mais abrigava, pois esse comércio com nomes judaicos pertencia agora aos poloneses católicos. Dos sessenta e cinco mil judeus que viviam na cidade de Cracóvia antes da guerra, restaram pouco mais de quatrocentos.

O táxi entrou à direita na praça e logo estacionou para deixar David na porta do Hotel Rubinstein. Na frente do hotel, um toldo branco fazia sombra sobre algumas mesas onde turistas saboreavam uma cerveja. Em junho, os dias eram claros e bonitos. David saiu do táxi, colocou a mala no chão, olhou em volta e sentiu certa emoção ao pisar na terra que foi dos seus antepassados. Algo muito curioso lhe veio à mente. Se a guerra e o Holocausto não tivessem acontecido, certamente seria cidadão polonês, mais um Kramer a viver na Polônia e trabalhar na confecção Kramer & Kramer. Esta cidade seria sua casa. Teria que conviver com o antissemitismo polaco, bem diferente da integração que tinha no Brasil. Seria mais um entre os três milhões e meio de judeus que viviam na Polônia. Quando o Holocausto terminou, os sobreviventes se dispersaram pelo mundo. Alguns foram para as Américas, como seu pai, outros para Israel, restando pouco mais de dez mil judeus em toda a Polônia. De três milhões e meio para apenas dez mil. David se perguntava como isso foi possível. Como o ódio pôde matar tanta gente em tão pouco tempo e eliminar uma cultura que estava enraizada havia quase mil anos?

David olhou em volta de novo. A praça era bonita, os jardins eram bem cuidados, as flores tinham uma cor especial. De ambos os lados, bares na calçada cercavam o espaço. Turistas do mundo todo circulavam por ali tirando fotos. Muitos vieram por causa do Holocausto, outros, só para conhecer uma cidade bonita. Os poloneses aproveitavam o dia ensolarado para caminhar. David pegou a mala, se dirigiu à recepção do hotel e fez seu registro. Pegou a chave e subiu para o quarto. Era aconchegante, os móveis de madeira escura, a janela dava para a praça, e, lá de cima, ele avistou o antigo cemitério judaico de Cracóvia. Decidiu visitá-lo depois de cumprir a missão que o trouxe àquela cidade. Foi até o banheiro, tomou um banho e se deitou para descansar um pouco. Adormeceu.

Só acordou no dia seguinte, depois de uma noite muito bem dormida e descansado da longa viagem que havia feito com escala em Paris. Desceu para tomar o café da manhã. O hotel era limpo e agradável. Um quatro estrelas com decoração antiga e pesada, muita madeira escura, mas de atmosfera atraente. Depois do café, David foi até a recepção do hotel, cumprimentou a recepcionista em polonês e lhe fez algumas perguntas. Ele falava razoavelmente o polonês, que aprendeu com o pai.

– Bom dia, você sabe onde fica esta rua? – perguntou ele, mostrando um endereço.

A recepcionista, uma bela polonesa loira de tranças, num uniforme azul, vermelho e branco, as cores da Polônia, respondeu-lhe sorrindo, transmitindo simpatia:

– Oh! O senhor fala bem o polonês! Tem parentes na Polônia?

David ficou gelado com a pergunta. Não esperava por isso. Imediatamente mudou de expressão, perdendo o bom humor, e respondeu com um tom antipático:

– Tinha, minha família era daqui, mas todos foram mortos durante a guerra. Só meu pai conseguiu escapar. Somos judeus.

– Nossa, o senhor não parece judeu! – disse a recepcionista, automaticamente.

David, ao ouvir isso, não sabia se ria ou chorava. Por fim, riu, se lembrando de que seu pai sempre falava que os poloneses achavam que ele não se parecia com um judeu, e isso, de certa maneira, salvou sua vida. Agora, o mesmo comentário era feito para ele, uma vez que eram parecidos, ambos com cabelos loiros e lisos e um nariz não semita. Um comentário preconceituoso, como se os judeus tivessem uma aparência diferente da das outras pessoas. Atualmente, nos países muçulmanos, ensinam nas escolas que os judeus têm aparência diferente e, como lá não existem judeus, as crianças acreditam nessa versão. Na Alemanha nazista, os livros escolares usavam caricaturas dos judeus sempre de maneira estereotipada e ofensiva, e as crianças também achavam que os judeus eram fisicamente diferentes.

– É, os poloneses sempre falavam isso para o meu pai – David falou. – Não parecer judeu foi o que o salvou na Polônia.

A recepcionista percebeu que tinha sido indelicada e tentou se corrigir.

– Sinto muito, foram tempos difíceis para os judeus. Desculpe, não quis ofendê-lo. A rua que o senhor procura fica aqui – disse ela, apontando no mapa –, perto do Jardim Botânico. São uns vinte minutos caminhando. Com este tempo agradável, sugiro que vá a pé, mas, se preferir, posso chamar um táxi.

Ele agradeceu friamente e aceitou a sugestão de ir a pé para conhecer um pouco melhor a cidade. Saiu do hotel e virou à direita, em direção a uma pequena rua no final da praça. Ao passar na frente de um restaurante "tipicamente judaico", deu uma olhada no cardápio e viu que a comida servida era polonesa. Achou engraçada essa exploração do "turismo judaico". O nome do restaurante era judeu, escrito numa tipologia que lembrava as letras hebraicas, tinha decoração judaica, mas servia comida polonesa. Um grupo de turistas passou ao seu lado, alguns de *quipá*, outros com bandeiras de Israel, como para manifestar o orgulho pelas origens. Pareciam dizer: "Hitler morreu, o nazismo foi derrotado, e nós continuamos aqui". Ele se alegrava ao ver essas demonstrações de identidade judaica.

#

Por que os nazistas construíram os campos de extermínio na Polônia? Foram vários os motivos. Sabiam que estavam cometendo um grande crime ao assassinar os judeus, e não quiseram fazer isso em território alemão. Não quiseram matar milhões de pessoas dentro de casa. Além disso, pesava a parte logística. Os nazistas planejaram o Holocausto de maneira industrial, e o território polonês tinha melhores condições para levar a cabo tal tarefa. Na Polônia ficava a maior população de judeus da Europa depois da Rússia, e o país era central, facilitava receber os transportes da Romênia, da Hungria, da Lituânia, da França, da Holanda e dos demais países. A malha ferroviária polonesa também foi um fator decisório. Pode-se acrescentar também a ajuda dos poloneses para entregar os judeus? Sim, mas isso não foi exclusividade deles. Não foram apenas os poloneses que denunciaram judeus. A maioria dos países europeus colaborou com o Holocausto sem problemas de consciência. Ucranianos e lituanos se dispuseram a trabalhar nos campos de concentração e extermínio, cumprindo suas obrigações com violência e prazer. O motivo dessas ofertas de mão de obra era a soma de um imenso antissemitismo com as benesses salariais e os grandes roubos que aconteciam nos campos, com os bens confiscados dos judeus.

A corrupção e a rapinagem também eram constantes nos campos. As ordens eram para espoliar os judeus, confiscar seus bens e mandar tudo para a Alemanha, para o Führer, para os alemães usarem, para benefício da pátria. Mas os comandantes dos campos, os nazistas, soldados alemães e voluntários ucranianos e lituanos roubavam o que podiam. Rudolf Hoess, o último comandante de Auschwitz, chegou com um caminhão de mudança e foi embora com sete caminhões. Antes que as roupas roubadas dos judeus fossem mandadas para a Alemanha para serem utilizadas pelos alemães, a mulher dele escolhia os mais belos casacos de pele.

O único país que realmente atuou de forma concreta para a salvação dos judeus foi a Dinamarca. Quando os nazistas deram a ordem de transportar os judeus dinamarqueses para os campos de extermínio, os dinamarqueses se uniram no movimento de resistência e providenciaram transportes para que os oito mil judeus dinamarqueses fossem levados de barco até a Suécia, país neutro na guerra, e assim quase todos se salvaram.

#

David saiu da pequena e tranquila viela e entrou à direita numa rua mais larga, mais movimentada, onde havia mais lojas com referências ao judaísmo que foi exterminado. Depois de alguns metros, saiu dos limites de Kazimierski. Voltou para a rua dos bondes, entrou à esquerda e seguiu em frente. Era uma típica rua europeia, percebeu David, com o comércio no andar térreo e os apartamentos nos andares de cima. Porém tratava-se de um comércio pobre, com lojas velhas e de aparência antiga. Ele constatava que os últimos vinte anos de capitalismo não foram suficientes para acabar com todo o ranço do comunismo. "Essas lojas parecem saídas dos anos 1950", pensava.

David seguiu caminhando, observando as lojas, os prédios, as pessoas que passavam ao seu lado, jovens com mochilas, calçando tênis, como qualquer jovem brasileiro ou americano. Depois de andar por quase uma hora e passar ao lado do Jardim Botânico, encontrou o local que procurava, Ulica Lubicz. Sentiu um frio na barriga ao ler a placa com o nome da rua. Parecia ouvir o pai, que falara tantas vezes estas duas palavras: Ulica Lubicz.

– É aqui – falou consigo mesmo. – Foi aqui que ele morou, nesta rua ele caminhava ao voltar da escola, nesta rua ele brincava com os amigos.

A rua onde morava seu pai antes da guerra. Procurou o número e o encontrou; examinou o prédio. Sua primeira impressão foi de que era muito menor do que imaginava. O pai sempre falava de um grande apartamento, num prédio luxuoso. Mas David se dava conta de que, para um garoto, como seu pai era quando fugiu da Polônia, as dimensões sempre pareciam maiores do que eram na realidade. E depois que o pai teve que sair do apartamento e viver escondido nas ruas, a sua referência era a vida confortável que sua família levava. Por isso talvez fantasiasse que viviam num mundo de luxo e grandeza. Ou, então, era um prédio de luxo para os padrões poloneses da década de 1930.

David observava cada detalhe do edifício. Tinha vários andares, muitas janelas; de fato, quem morasse lá devia ter um padrão de vida melhor que os moradores dos prédios vizinhos, mas ficava muito distante do padrão de vida que o pai tinha em São Paulo. Ele se emocionou e ficou com os olhos marejados ao imaginar seu pai morando ali. Encostou a mão na parede, como se assim pudesse sentir a mesma coisa que seu pai sentia quando viveu naquele local. Olhou o grande portão em arco e, passando por ele, entrou na construção e chegou ao pátio interno. Uma área espaçosa de vinte metros por vinte metros com algumas portas que dão acesso direto aos apartamentos do térreo. Ele caminhou pelo pátio em silêncio. O barulho dos carros da avenida não penetrava naquele espaço fechado com paredes tão grossas.

A impressão era de que o tempo tinha parado na Segunda Guerra Mundial. O local parecia um pouco abandonado. Onde antes seu pai dizia que havia um pequeno jardim, agora só tinha terra seca. A pintura estava velha, manchada em vários pontos, as portas descascadas, sem cuidado. Durante a guerra, o prédio ficou sem manutenção, depois vieram os cinquenta anos de comunismo, quando a propriedade privada desapareceu e então ninguém queria cuidar de nada. Nada era de ninguém, era do Estado. O comunismo tinha terminado havia vinte anos, mas as pessoas ainda não tinham dinheiro suficiente para reformar e investir na reconstrução dos prédios.

David olhou para cima e contou os andares até chegar ao apartamento que tinha sido do seu pai. Ficou olhando para a janela que dava para o pátio interno e imaginou um garoto de treze anos lá dentro, brincando e estudando para o futuro, até os alemães invadirem a Polônia e iniciarem a carnificina da Segunda Guerra e do Holocausto. Se não fosse o Holocausto, estaria David ali, olhando para aquele apartamento sessenta anos depois da guerra? Procurou a macieira que seu pai teria usado como referência para enterrar as joias, mas não a encontrou. "Provavelmente virou lenha em algum inverno durante ou depois da guerra", pensou ele. Mas localizou um quadrado de terra no canto do pátio e, pela descrição, devia ser ali que os bens de seus avós foram enterrados. Abaixou-se e passou a mão na terra fria e seca. Foi ali que seu pai escondeu as joias da família que poderiam ter sido a salvação dos seus ancestrais. "Que o filho da puta de um polonês roubou quando viu meu pai escondendo." David não queria vingança e então decidiu não procurar saber se a família daquele polonês ainda morava no prédio. Não era esse o motivo da sua viagem, mas sim conhecer aquela mulher que trairia seu pai. Anna era o nome dela.

Após examinar o pátio, David decidiu subir para conhecer o apartamento. Ele sabia que poderia não ser bem recebido.

#

Com o fim do comunismo, alguns judeus voltaram à Polônia para mostrar aos filhos os locais onde moravam antes da guerra ou até mesmo para reaver suas propriedades. Quando batiam nas portas, eram hostilizados pelos atuais moradores, o que não era de se estranhar. Durante o Holocausto, os judeus foram presos, colocados em guetos, mortos, e seus apartamentos foram ocupados pelos vizinhos poloneses. Todos imaginavam que os donos nunca mais voltariam, o que aconteceu na grande maioria dos casos. Cinquenta anos depois, alguém aparecer e reclamar o direito de propriedade era uma situação bastante delicada.

Na Polônia, diferentemente da Alemanha, o governo tomou a posição de não devolver os imóveis para os judeus. Durante a guerra, a Polônia não era um país independente, mas um país ocupado, com um governante alemão ditando suas leis. E a decisão de expulsar os judeus dos imóveis e matá-los foi tomada pela Alemanha. O governo polonês não se considerava responsável pelos erros ou crimes cometidos durante a ocupação. Tudo mudou quando a cortina de ferro caiu, em 1989. Segundo o governo polonês, como a Polônia ficou cinquenta anos sob o regime comunista, a propriedade privada foi extinta e, portanto, ninguém era dono do imóvel. Quem vivia nos imóveis, tomados dos judeus ou não, tinha o direito de comprá-lo. Pela lei, não fazia sentido um judeu voltar depois de cinquenta anos e reclamar as posses que lhe caberiam. Alguns casos de retomada de propriedade aconteceram, mas depois de longos processos judiciais.

De qualquer maneira, isso foi muito raro, pois os judeus em geral não queriam mais nada com a Polônia. Muitas vezes aconteceu de algum sobrevivente tocar a campainha do apartamento e, ao se identificar, os atuais moradores baterem a porta em sua cara. Quem conseguia explicar que não queria o imóvel de volta, apenas rever a antiga residência, era convidado a entrar. David se lembrava de histórias de amigos do seu pai que fizeram isso e se espantaram ao ver as casas mobiliadas da mesma maneira de sessenta anos atrás, quando tiveram de fugir ou foram enviados para os campos de concentração. Os mesmos móveis, os mesmos sofás, muito pouca coisa tinha mudado. Parecia uma viagem de volta ao passado.

Mas outras histórias tiveram desfecho trágico. Logo após o Holocausto, muitos judeus que conseguiram sobreviver não sabiam para onde ir e voltaram para suas casas nas pequenas cidades. Muitos deles foram recebidos com violência e foram até mesmo mortos pelos antigos vizinhos que agora ocupavam suas residências e não queriam devolvê-las. Era muito comum ouvir que "Hitler não tinha feito o serviço completo". Lamentavelmente, houve até mesmo pogroms *após a guerra, sendo que um deles, em Kielce, resultou na morte de mais de quarenta judeus em 4 de julho de 1946, um ano após o fim da guerra.*

Enia Kahn, uma judia nascida na Polônia que saiu de lá com cinco anos de idade, retornou a sua cidade natal com o endereço exato de sua casa. Um pequeno apartamento num prédio humilde de uma cidade próxima a Cracóvia. Olhou o prédio junto com seu marido, entrou, passeou pelos corredores e foi embora sem fazer contato com os atuais moradores. Ela queria apenas olhar mais uma vez o prédio onde tinha nascido.

Samuel Klein contou que, ao escapar de Maydanek e voltar para sua casa, encontrou um ucraniano morando nela. Samuel tinha apenas dezoito anos, falou que a casa era sua e mandou que ele saísse. O ucraniano chamou a polícia, e Samuel foi preso.

#

David não queria a propriedade de volta, queria apenas conhecer o lugar onde seu pai tinha vivido. Sentir o clima do lugar, o ambiente que ele frequentou quando criança, saber se era espaçoso, iluminado, arejado – tinha uma curiosidade natural. Depois, sim, depois iria visitar o lugar que traria as piores impressões, o local onde seu pai se escondeu. A casa daquela maldita Anna. E iria tentar descobrir por que aquela mulher fora tão cruel com seu pai.

Mas agora ia visitar o apartamento do seu pai. Foi até a porta de entrada do bloco que dava para os apartamentos. No batente esquerdo, viu as campainhas que identificavam os moradores de cada unidade. Levou o dedo para a plaquinha do terceiro andar, que seria o apartamento do seu pai, mas onde um nome polonês estava escrito. Não teve coragem de tocar a campainha, pois a emoção era muito grande. Antes de pressionar o botão, ouviu o "click" da fechadura eletrônica, e a porta abriu para revelar uma menina de tranças, que curiosamente aparentava ter a mesma idade que tinha Ruth, sua tia, quando sua família se mudou para o gueto. Ela o olhou com os olhos curiosos de uma criança.

– Bom dia, o senhor mora aqui?

– Não, meu pai morava – ele respondeu em polonês.

– Eu conheço ele?

Mas antes que David pudesse responder, ela correu para o pátio.

David ficou segurando a porta aberta, respirou fundo e começou a subir lentamente as escadas até o terceiro andar. Ao chegar, virou para a direita e ficou de frente para a porta do apartamento da sua família. Nunca imaginou que isso lhe traria tanta emoção. Ficou olhando para a porta e respirou fundo aquele ar abafado, o mesmo ar que seu pai e seus avós respiraram. Sentiu cheiro de tabaco e se perguntou se na década de 1930 já existia esse cheiro. As paredes estavam desgastadas, a lâmpada tinha uma luminosidade amarela e fraca. Antes de bater na porta, ele olhou para o batente e o que viu o fez mudar de ideia. Na pintura descascada, viu a marca de uma *mezuzá* que não estava mais lá. Na madeira, havia os dois furinhos dos pregos que a prendiam e sua mancha clara, mas o símbolo que identificava a casa de um judeu não estava lá. Ele passou a mão no lugar onde a *mezuzá* esteve durante tantos anos, quando seus antepassados viviam naquele apartamento, e beijou os dedos. Repetiu o mesmo gesto que os judeus praticavam ao entrar em casa, só que a *mezuzá* não existia mais.

"O que eu vou fazer aí dentro? Sentir raiva de quem ocupou a casa do meu pai? Isso não vai me trazer nada de bom. Melhor não bater", pensava David.

Ficou parado olhando para a porta. Passaram-se alguns minutos, o silêncio no interior do prédio era total. Ele sentia seu coração bater forte e acelerado. Desistiu de visitar o apartamento, virou-se e começou a descer as escadas lentamente.

Com tristeza, voltou para o hotel.

"De que adianta visitar um apartamento que não tem mais ligações com o passado, um lugar que foi roubado do meu pai, invadido e profanado? Será que meus filhos tinham razão? Esta viagem é uma perda de tempo?"

Quando retornou para Kazimierski, passou em frente à sinagoga Izaaka e resolveu entrar. A moça na recepção cobrou um ingresso, que ele sabia que se destinava à manutenção e preservação do lugar. Essa, como todas as sinagogas da Polônia, foi reconstruída após a guerra. Os nazistas queimaram os livros sagrados, usaram os prédios como estábulos ou depósitos de comida. Depois de muitos anos, elas foram reconstruídas com doações, e a maioria voltou a ter a arquitetura original. O interior da sinagoga estava cheio de turistas e guias. Ninguém estava lá para rezar, mas sim para um passeio turístico. Era mais um museu que um templo religioso. No entanto, ao perceber que havia *minyan*,²³ ele foi até a frente do salão, próximo a *bimá*, e começou a falar o *kadish*, a reza dos mortos, em memória do seu pai. Aos poucos, todos perceberam que David rezava o *kadish*. O burburinho dos turistas e dos guias começou a diminuir. Por fim, todos ficaram em silêncio e acompanharam a oração dele, falando "amém" na hora correta. Todos os que estavam na sinagoga participaram do *kadish* de David em homenagem ao pai. Entenderam o que ele estava fazendo. A emoção tomou conta da sinagoga, e, durante alguns minutos, o que era um local de turismo voltou a ser um local de oração.

---

²³ Número necessário de judeus homens e adultos (dez) para uma cerimônia religiosa.

.15.

    Na manhã seguinte, David tomava um cappuccino no bar externo do hotel, enquanto esperava pelo táxi. Observou que o número de turistas era muito grande, e um grupo de soldados israelenses visitava o bairro. Já tinha lido que era comum o exército de Israel mandar os soldados para visitar Auschwitz, e um passeio por Cracóvia fazia parte do roteiro. Ele pensou que, se esse exército de Israel existisse em 1939, os alemães não teriam praticado o Holocausto, e os judeus teriam um país onde se refugiar. O táxi chegou, ele pagou o café e entrou no carro. Disse o endereço em polonês, já que a maioria dos motoristas não falava inglês.

    O táxi fez a volta na praça e saiu pela mesma rua estreita pela qual David chegou. Pegou a avenida dos bondes, só que desta vez não foi para a esquerda, em direção ao antigo apartamento do seu pai. Entrou à direita. O trânsito estava sempre tranquilo, observou ele. Cracóvia é uma cidade de quatrocentos mil habitantes com um bom sistema de transporte público. O táxi rodou bastante, afastando-se de Kazimierski. Por fim, chegou a uma rua estreita, tranquila, e encostou no meio-fio.

    – Chegamos. São quarenta e cinco slótis.

    David deu uma nota de cinquenta e não pegou troco.

    Desceu do carro e, como no dia anterior, quando visitou o prédio do pai, primeiro ficou parado na calçada, olhando para o edifício. O motorista do táxi perguntou se queria que ele esperasse, mas David disse que não precisava. Ia demorar. Tinha muita coisa para ver nesse dia.

Finalmente, chegou ao local onde Anna morava e seu pai se escondia.

"Enfim vou conhecer uma parte da história do meu pai que nem ele mesmo conheceu. Se tiver sorte, vou encontrar algum parente daquela mulher e descobrir quem ela era."

A primeira impressão: o prédio da Anna era bem mais simples que o do seu pai. Pequeno, estreito, não tinha o grande portão que dava para o pátio. Não tinha área interna. Era uma construção bem modesta. As paredes de um cinza-escuro, cortadas por linhas horizontais a cada meio metro. O estado de conservação era bem pior que o do prédio do seu pai. As janelas também eram menores. Ele olhou para os dois lados da rua. Bem tranquila, quase não passavam carros. Olhou o número do prédio: 18. Chaim e David sempre acharam muita coincidência no numero do prédio. Dezoito em hebraico é *chai*, que tem pronúncia igual à palavra que significa "vida". Para os judeus, 18 é o número da sorte. Apesar de tudo o que aconteceu no apartamento de Anna, Chaim sobreviveu. Dezoito significou a vida para Chaim.

O bairro também era mais simples, os prédios mais humildes, a rua menos cuidada. Poucos pedestres nas calçadas, tudo muito calmo, mesmo em um dia ensolarado. David pensou que devia ser um bairro residencial popular e que todos os moradores deviam estar trabalhando naquela hora do dia. Ele atravessou para o outro lado da rua, de onde podia ver o prédio de um ângulo melhor. Desse lado da calçada, havia um bar que não existia no passado. Seu pai nunca o tinha mencionado. Provavelmente, foi aberto depois do comunismo. Três mesas e algumas cadeiras do lado de fora. Com o dedo, contou os andares e chegou à janela do apartamento que foi o esconderijo do pai durante meses, até quando ele precisou fugir. Ficou um bom tempo olhando e pensando no passado.

"Por que o destino trouxe meu pai para este apartamento?"

Impaciente, David atravessou de novo a rua para olhar o porteiro eletrônico do prédio. Procurou o quarto andar e leu o nome escrito na campainha: Kowalski. Surpreendeu-se ao ler o mesmo sobrenome da mulher que fingiu ajudar seu pai.

"Será que algum parente continua morando no mesmo apartamento ou é apenas coincidência? Esse é um nome polonês comum..."

David sentiu um calafrio percorrer sua espinha. Agora, percebeu o quanto estava excitado com a ideia de descobrir tudo sobre essa mulher.

"Uma traiçoeira, uma fingida. Como ela poderia entregar um menino de quinze anos para os nazistas, sabendo que ele seria torturado até a morte? Ela era tão insensível e tão fria assim ou a guerra a transformou? Provavelmente odiava os judeus, como todos os poloneses."

Eram essas as perguntas que ele tentaria responder nessa viagem a Polônia. Se esse Kowalski fosse alguém da família, tanto melhor, seria mais fácil encontrar as respostas. Respirou fundo e tocou a campainha. Esperou um pouco, mas ninguém respondeu. Tocou de novo, e nada. Não tinha ninguém em casa. Olhou para o relógio, dez horas da manhã. "Quem mora no apartamento saiu", ele pensou. Só restava esperar alguém chegar. Começou a andar pela rua, e percebeu que, sem querer, imitava seu pai fugindo dos nazistas. Encostava-se às paredes, olhando para os lados, da mesma maneira que seu pai teria feito durante a guerra. Quando passava por uma porta ou um portão, ele entrava para se esconder. Fez isso por alguns metros, para tentar entender o que seu pai sentiu naqueles anos de terror.

Por fim, atravessou a rua e sentou-se no bar. O garçom veio anotar seu pedido, e ele olhou novamente para o relógio. Ainda era muito cedo para uma cerveja, pediu outro cappuccino. O tempo passou, o relógio marcava onze horas. David viu um casal sair do imóvel ao lado do prédio de Anna, mas no dela ninguém entrava ou saia. O garçom voltou, ele decidiu pedir uma cerveja. Continuou sentado no bar, aguardando alguém entrar no número 18. O sol mudou de posição. David olhou para o relógio: uma da tarde. Chamou o garçom e perguntou se serviam almoço. O funcionário ofereceu o prato típico da Polônia, pirogui, um pastel de batata assado, e ele aceitou. "É curiosa a Polônia, o judaísmo está presente em tudo, mesmo sem judeus. Pirogui é igual varenique, um prato típico judaico", ele pensou. Enquanto comia, continuava a vigília. Ninguém aparecia na janela do quarto andar nem entrava no prédio.

Depois de três cervejas, precisava ir ao banheiro. Teve medo de que, na sua ausência, alguém entrasse ou saísse do prédio. Tentou se controlar, mas não conseguiu. Levantou-se, foi até o fundo do bar e encontrou o banheiro. Tentou ser rápido. Voltou para a mesa, olhou para a janela do quarto andar, e a cortina continuava fechada, na mesma posição. Com certeza, ninguém tinha chegado, caso contrário, a cortina estaria aberta para a entrada de luz.

O dono do bar continuava oferecendo bebida para David. Achava estranho que alguém ficasse sozinho tantas horas num bar como aquele. Desconfiava de David, mas nada falava. "Melhor cada um cuidar da sua vida", foi assim que aprenderam durante a ocupação russa.

As horas passavam, e David revezava entre cappuccino e cerveja. Alguns clientes entravam no bar, sentavam-se do lado de fora, comiam, bebiam e iam embora. David continuava sentado na mesma mesa. Já passava das cinco horas da tarde, o trânsito na rua aumentou um pouco, assim como o movimento nas calçadas. "Fim de expediente, as pessoas estão voltando", pensou ele. O movimento no bar aumentou. Muita gente queria aproveitar a noite agradável para tomar uma cerveja antes de ir para casa. Todas as mesas e o balcão do bar ficaram ocupados. Ainda tinha muita luz natural, pois no final da primavera o sol se põe mais tarde na Polônia. Ele olhou para o prédio, todas as janelas continuavam fechadas.

Um senhor vinha andando pela rua, carregado de sacolas. David prestou atenção especial, mas ele não entrou no número 18. Uma jovem de aproximadamente trinta anos, vestida como executiva, de *tailleur* e salto alto, foi em direção ao prédio e entrou nele. David ficou tenso. Prestou atenção às janelas. Olhou para a fachada do prédio na esperança de que ela entrasse no quarto andar, mas não foi isso o que aconteceu. Ela morava no segundo andar. Ele relaxou, terminou de tomar a cerveja, pediu outra. Um casal na mesa ao lado perguntou se ele tinha fogo, e ele respondeu que não fumava. O tempo passava, o dia escurecia. O casal da mesa ao lado foi embora. David olhou novamente para o relógio. Mais pessoas passavam na frente do prédio, mas não entravam. Ele prestava atenção em cada uma delas.

Uma senhora virou a esquina com passos lentos. Aparentava mais de 60 anos. Tinha o andar cansado. Numa das mãos trazia uma bolsa, na outra, uma sacola maior, uma sacola de feira. Pela cor do cabelo e da pele, percebia-se que era loira, mas agora estava grisalha, com o cabelo preso num coque. Os olhos eram muito azuis, isso David conseguiu ver apesar da distância, quando um carro passou e o farol a iluminou. Tinha o rosto vincado, o olhar triste de quem já tinha vivido muito e visto demais. Vestia-se de maneira simples – um vestido de algodão com estampa florida. Uma típica senhora polonesa. Sentia alguma coisa em relação a ela, e a observou com todo cuidado. A senhora dirigia-se devagar para o prédio. Mesmo sem saber por que, ele tinha certeza de que era a moradora do apartamento no qual seu pai havia se escondido. "É ela, tenho certeza de que ela mora naquele apartamento."

Lentamente, ela chegou ao número 18. Colocou a sacola com as compras no chão, abriu a bolsa e tirou a chave. Colocou-a na fechadura, girou, abriu a porta e entrou. David prendeu a respiração. Uma garçonete do turno da noite se aproximou e ofereceu-lhe outra cerveja. Com a atenção voltada para aquela senhora, ele não a ouviu e não a respondeu. Só olhava para o prédio. Começou a imaginar a senhora subindo degrau por degrau com passos lentos. Contou os passos dela balançando a cabeça. Primeiro andar, segundo andar – David a acompanhou mentalmente por dentro do prédio – quarto andar. "Agora, vai colocar novamente a sacola de compras no chão, abrir a bolsa e procurar a chave", pensava David. "Abre a porta, coloca a bolsa na mesa da sala, leva a sacola de compras para a cozinha, volta para a sala, acende a luz e abre a janela para o ar entrar." Do outro lado da rua, ele viu a luz do apartamento se acender e a cortina se abrir. Cronometrado. Por fim, o que parecia uma eternidade aconteceu. Alguém entrou naquele apartamento. Recostado na cadeira, soltou o ar para relaxar, ao mesmo tempo se sentindo nervoso com o que poderia descobrir a seguir. Mordeu os lábios, sabia que havia chegado a hora que tanto esperava.

"Finalmente, vou conhecer o apartamento onde meu pai se escondeu e, quem sabe, essa mulher pode me dar informações sobre a Anna. Quem sabe a conheceu."

Levantou-se, tirou duas notas de cem slótis do bolso e as jogou na mesa, sem esperar pelo troco. Por um instante, se lembrou de que duzentos slótis foi o valor pelo qual seu avô vendeu a cristaleira durante a guerra. O pai tinha lhe contado essa história. A garçonete pegou as notas, abriu um sorriso pela gorjeta e agradeceu, mas David não percebeu. Estava concentrado no apartamento do quarto andar. Atravessou a rua, sempre olhando para a janela, e não percebeu que um carro vinha em sua direção. O carro se aproximava cada vez mais, e ele cruzava a rua distraído. A garçonete arrumava a mesa e o acompanhava com o olhar. Ela se assustou ao ver o carro e deixou a bandeja cair, quebrando os copos. Colocou as mãos no rosto e deu um grito ao ouvir o carro brecar em cima de David, chegando a encostar na perna dele. O motorista colocou a cabeça para fora da janela e gritou algo. Mas David estava tão concentrado no prédio que continuou atravessando a rua como se nada tivesse acontecido. Chegou à porta do número 18 sem tirar os olhos do quarto andar.

David percebeu que a porta tinha ficado aberta, então a empurrou e entrou no pequeno *hall* do prédio. Percebeu à esquerda, embaixo da escada, a entrada do porão, "provavelmente o local onde meu pai se escondeu quando fugia dos soldados alemães". Por dentro, o prédio também era bem malconservado, com a pintura completamente desbotada. Começou a subir as escadas e notou que os degraus de madeira estavam gastos pelo uso. A luz da escada acendia sozinha. Uma luz fraca, mas suficiente para iluminar o pequeno espaço. Ele subiu devagar, no mesmo ritmo da senhora polonesa.

Chegou ao quarto andar e ficou parado no corredor. Apenas um apartamento por andar, um prédio estreito, igual ao que seu pai descrevia. Olhou em volta, não tocou em nada. Queria apenas ver, sentir e cheirar o local. Sessenta anos se passaram desde que seu pai havia estado ali. Procurou a campainha e não a encontrou. Bateu na porta e esperou. Ouviu passos arrastados se aproximarem, a tranca mexer e a porta se abrir. A senhora olhou para David com lindos olhos azuis, iguais aos seus próprios olhos. Ela tinha a pele clara de quem nunca tomou sol, muito enrugada. Os cabelos grisalhos, que foram loiros, ressecados e malcuidados. Dava para perceber que a vida dela não fora fácil. A roupa parecia feita em casa, as unhas sem esmalte. Pela aparência, imaginou que ela havia nascido durante a guerra e, quando o comunismo terminou, já tinha uns cinquenta anos. Possivelmente, não teve muitas oportunidades de conseguir um bom trabalho.

"Até que os poloneses receberam algum castigo pelo que fizeram aos judeus. Viveram cinquenta anos sob o jugo do comunismo", pensou ele.

Ela ficou parada, segurando a porta aberta, e olhava para David sem dizer nenhuma palavra. Ele agia da mesma maneira. Calado e observador. Nada falavam, mas ambos pressentiam alguma coisa. David não esboçou nenhuma reação, era um momento que ele aguardava por muitos anos, e tudo o que tinha ensaiado para falar não lhe ocorria naquele momento. Sentiu o coração disparar. Passaram-se alguns segundos que pareceram horas. Ele ouvia o coração bater tão forte que parecia um tambor. Sentia calafrios. Por fim, estava tão nervoso que falou com ela em português.

– Boa noite, eu posso entrar?

A senhora o olhava sem entender nada e perguntou em polonês, com um sorriso:

– O senhor fala a minha língua?

David pareceu acordar da catalepsia momentânea e percebeu o que fez, respondendo em polonês.

– Sim, claro, desculpe. Falo um pouco de polonês. Tem alguns minutos para falar comigo?

Ela imediatamente compreendeu do que se tratava e quem ele era. Não tinha a menor dúvida. Estava bem mais tranquila do que ele. Fazia anos que esperava por esse dia. Sentia uma palpitação, mas não demonstrava nervosismo. Depois de alguns segundos em silêncio, ela deu um passo para o lado, abrindo mais a porta, e fez um sinal para ele entrar.

– Por favor, entre – disse ela, em polonês.

David entrou devagar, com passos pequenos, andando como se estivesse num templo, com o máximo de respeito. Seu coração continuava disparado, ele sentia as batidas na garganta. Passou a mão na testa para limpar o suor.

"Então foi aqui que meu pai ficou escondido, achando que estava a salvo, até ser condenado à morte", pensou David. "Este local é um misto de sagrado com profano."

O apartamento era muito parecido com o que seu pai havia descrito. Na parede, uma imagem de Cristo, os móveis exatamente como ele falou. Uma poltrona de veludo escuro, provavelmente outro tecido depois de sessenta anos, um pequeno sofá de dois lugares, menor do que David imaginava. As cortinas também escuras e pesadas nas duas janelas. O armário com outra imagem de Cristo e da Santa Padroeira dos poloneses. E uma imagem de João Paulo II, o primeiro papa polonês. "Essa foto com certeza é recente." Enquanto ele observava cada detalhe da sala, lembrava-se da voz do pai descrevendo os objetos. O lustre de latão com quatro lâmpadas, alguns copos de vidro no armário... Parecia que estava nos anos 1940. Uma volta ao passado. Segundo a descrição que Chaim fazia ao contar sua história durante a guerra, muito pouca coisa mudou.

"A televisão e o rádio são recentes, o resto é exatamente igual ao que meu pai descrevia. Isso é uma loucura!", pensava David. A senhora não falava nada, fechou a porta e deixou que ele explorasse à vontade. Tão absorvido ele estava com o apartamento que permaneceu em silêncio. Ela o deixou à vontade. Sabia o que ia acontecer, só precisava aguardar.

Ele foi até a janela, olhou para fora, e observou a mesma vista que seu pai via sessenta anos atrás. Era inacreditável. Imaginava o pai vendo os soldados alemães capturando judeus ou passeando com polacas. Automaticamente, ele foi até o dormitório quando, então, percebeu a indelicadeza de seu gesto e pediu, em polonês, autorização para entrar.

– Desculpe-me, posso? – Ao que ela respondeu com sinais de mão e cabeça, indicando-lhe que ficasse à vontade.

David entrou no quarto. Pela descrição, era a mesma cama de que seu pai falava. Não muito grande, madeira escura, com criado-mudo apenas do lado direito e, na frente, um pequeno guarda-roupa com espelho. Suas pernas fraquejaram, ficou tonto e se sentou na cama. Colocou a palma da mão no edredom e passou a mão nele como se sentisse a presença do pai. A senhora se aproximou da porta do quarto, mas nada falou, nada fez. Deixou que examinasse o quarto à vontade. Ele olhou para o espelho na porta do guarda-roupa e, no lugar do seu reflexo, enxergou o do pai, Chaim. Ou a imagem que imaginava ser dele, pois não havia nenhuma foto dele daquele período. O Chaim no reflexo do espelho lhe deu um sorriso e falou: "Aqui eu fui salvo e aqui quase fui morto".

David colocou as mãos no rosto e começou a chorar pela memória do pai, pelo sofrimento que ele tinha passado. A polonesa o deixou sozinho com suas reminiscências e foi à cozinha preparar um chá. Ele continuou sentado na cama, a chorar. A imagem do pai desapareceu do espelho, e o que ele viu em seguida foi seu reflexo completamente abatido. Perguntou-se como o Holocausto pôde acontecer, como os alemães puderam ser tão cruéis e como os poloneses, mesmo odiando os alemães, puderam colaborar e entregar tantos judeus. Queria ver uma foto do seu pai jovem, dos avós, da tia Ruth, mas este é um dos traumas dos sobreviventes: eles não tinham fotos para recordar os parentes perdidos e os anos anteriores à guerra. Tudo foi destruído, os nazistas destruíram até o passado para que não houvesse futuro.

Com esforço, David se levantou da cama e foi para a cozinha, examinando tudo. A mesa pequena, as duas cadeiras, o pequeno fogão, e a geladeira, que devia ser novidade. A senhora tirou a chaleira do fogo, colocou água quente em dois copos e preparou o chá. Em pé, calado, ele olhava e sentia tudo a sua volta. Era uma experiência inacreditável voltar ao esconderijo onde o pai tinha ficado havia sessenta anos, ver os móveis e objetos que ele descrevia ao contar sua história. A polonesa apontou uma das cadeiras para David e fez sinal para que ele se sentasse. Estava tão emocionado que praticamente não pensava nos seus atos. Agia instintivamente. Ela empurrou o copo de chá na direção dele. Davi percebeu que ela tomava chá da mesma maneira que seu pai: no copo, não na xícara.

– Açúcar?

David confirmou com a cabeça. Olhou para a senhora com curiosidade. Ele desconfiava de algo.

– Qual o seu nome?

– Basia – ela respondeu.

Os dois continuaram se observando em silêncio. David tomou um gole do chá quente.

— A senhora sabe quem eu sou?

Basia olhava fixamente para os olhos azuis de David, tão azuis como os seus. Pegou uma colher, misturou o chá lentamente, tomou um gole, colocou o copo novamente na mesa. Tudo muito devagar.

— Sei — ela respondeu e aguardou um instante para ver a reação de David. — Sempre achei que algum de vocês viria à Polônia.

David apertou os olhos em direção a ela. Estava tenso e nervoso.

— Como assim, "algum de vocês"? Quem a senhora acha que eu sou?

Ao contrário de David, Basia estava bem tranquila, segurava o copo com as duas mãos e tomou mais um gole do chá.

— O filho de Chaim Kramer.

David desmanchou-se na cadeira. Seus ombros desabaram, quase deixou cair o copo de chá, ficou chocado com o que havia acabado de ouvir. Sua surpresa foi tão grande que não conseguiu falar nada. Não entendia como ela sabia o nome do seu pai.

Aparentando tranquilidade, ela continuou:

— Esperei muitos e muitos anos por este dia, tinha certeza de que alguém viria. Nunca desanimei, nunca desisti nem perdi a esperança. Sabia que Chaim tinha sobrevivido e que alguém viria atrás do passado e da verdade.

David respirou profundamente para se recuperar da surpresa, e sentiu que seu corpo tremia. Começava a ficar preocupado, e perguntou de maneira agressiva:

— Afinal, quem é você?

— Sou Basia, Basia Kowalski, filha de Anna Kowalski.

David se espantou com a revelação. Ela era filha da mulher que tinha escondido seu pai e o entregaria aos nazistas. Não esperava por isso. Esperava encontrar alguém que conhecesse Anna, um parente, mas nunca imaginou uma filha. Por outro lado, se era filha da Anna, seria mais fácil descobrir a história dessa mulher. Antes de ir à Polônia, ele achava que seria difícil, que teria de fazer muitas buscas e pesquisas, mas parecia que não seria tão complicado assim.

— Filha da Anna Kowalski! — ele repetiu espantado. — E posso saber quem é seu pai?

Basia não tinha pressa. Pelo contrário, queria deixar David curioso. Colocou mais chá nos copos, açúcar, mexeu devagar, saboreava aquele momento. Parecia ter prazer nisso. Tomou um pequeno gole do chá e viu que David estava mais ansioso. Basia abriu os lindos olhos azuis e respondeu:

– Meu pai é Chaim Kramer.

David sentiu um soco no estômago. Encostou-se na cadeira, abriu a boca e arregalou os olhos com espanto, como se estivesse vendo um fantasma na sua frente, ao ouvir que seu pai era também o pai daquela senhora.

.16.

Cracóvia, 1942

Chaim continuava de pé em cima da cadeira. A vizinha não voltou mais. Passaram-se algumas horas desde que a vizinha desistiu de entrar no apartamento para saber o que tinha sido aquele barulho. Ele já não aguentava mais ficar ali, mas não ousava descer e correr o risco de fazer qualquer barulho. Não enquanto Anna não chegasse e ele pudesse andar pelo apartamento sem levantar suspeitas. Anoiteceu, ele perdeu a noção de quantas horas ficou nessa incômoda posição. Estava cansado, mas já havia passado por situações bem piores. Já tinha ficado imóvel no esgoto gelado durante horas, esperando que a rua ficasse vazia para sair pela tampa do bueiro e procurar por comida. Quase ficou congelado. Uma vez, permaneceu imóvel debaixo do feno durante quase um dia inteiro, esperando que seus perseguidores desistissem de caçá-lo, e quase foi espetado por baionetas. Também já havia se equilibrado na viga do forro de um telhado para se esconder dos nazistas. Ficar de pé numa cadeira parecia um luxo, apesar de suas pernas doerem e de ele sentir cãibras terríveis.

Por fim, Chaim ouviu os passos inconfundíveis de Anna subindo a escada. Respirou aliviado, sabendo que poderia sair daquela posição desagradável. Ouviu a chave entrar na fechadura, a porta se abrir e Anna entrar, sempre carregando a sacola de comida numa mão e a bolsa na outra. Ela abriu a porta, rapidamente a fechou atrás de si e a trancou. Quando acendeu a luz da sala, levou um susto ao ver Chaim de pé em cima da cadeira. Por sorte, não gritou. Antes que Chaim tivesse tempo de explicar por que estava nessa posição, bateram à porta. Os dois se olharam, assustados. Felizmente, Anna tinha trancado a porta assim que entrou.

– Senhora Kowalski? A senhora já chegou? – perguntou do lado de fora a sra. Novak.

A vizinha mal esperou Anna chegar para ir ao seu apartamento. Antes da guerra, isso não aconteceria. Os vizinhos preservavam a própria privacidade e a dos outros, ninguém se metia na vida de ninguém. Agora não, a bisbilhotice ultrapassava os limites. Se antes fofocavam dentro de casa, entre quatro paredes, agora todos faziam intrigas. O lema era: "A nossa sobrevivência depende da sua". Todos deixavam isso bem claro. "Não faça nada errado que possa nos comprometer."

Anna tentou ganhar tempo para Chaim sair da sala e se esconder.

– Quem é?

Fez sinal para ele descer da cadeira e procurar um esconderijo. Ficou preocupada, pois alguma coisa devia ter acontecido para que a vizinha viesse ao seu apartamento, mas Chaim não teve tempo de explicar nada.

– Senhora Kowalski? Sou eu, senhora Novak, e meu marido, senhor Novak.

Chaim desceu com o maior cuidado da cadeira e se escondeu no único lugar possível, o guarda-roupa do quarto. Do lado de fora, a vizinha e seu marido encostaram o ouvido na porta com a intenção de escutar algum barulho estranho, mas Chaim conseguiu andar como um gato. Acostumou-se às trevas.

– Um momento – disse Anna, enquanto Chaim se escondia.

Anna gesticulou para ele ir rápido, não podiam demorar tanto, os vizinhos desconfiariam de alguma coisa. Assim que ele se escondeu, Anna foi até a porta, desabotoando os botões do vestido e deixando o sutiã à mostra, revelando os seios volumosos. Abriu a porta e sorriu para os vizinhos.

– Boa noite, senhora Novak, senhor Novak. – Em seguida, começou a fechar os botões para simular que a demora foi por não estar apresentável. – Desculpe a demora, mas não estava vestida – Anna olhou maliciosamente para o marido da senhora Novak. A vizinha não gostou da atitude dela, e tentou olhar para dentro do apartamento.

– Aconteceu alguma coisa? – perguntou Anna, inocentemente, enquanto continuava a ajeitar o vestido e a olhar para eles pela porta entreaberta.

Para ela, essa atitude era a melhor maneira de eles a deixarem em paz. Melhor intimidá-los com sensualidade. A senhora Novak, no entanto, continuava olhando para dentro do apartamento pela fresta da porta que ficou aberta e que Anna encobria com o corpo. A vizinha não parecia disposta a esquecer o assunto.

A senhora Novak mantinha uma atitude bem arrogante. O nariz empinado, o olhar de desprezo, como se bisbilhotar a vida dos outros fosse sua obrigação moral.

– Ouvi um barulho no seu apartamento e, como a senhora fica fora o dia todo, achei muito estranho – disse a vizinha, como se repreendesse Anna por ficar fora durante o dia.

Anna procurou disfarçar a preocupação e parecer tranquila.

– É o vento. Às vezes deixo a janela da sala aberta, e pode ter derrubado alguma coisa. Vou deixar fechada para evitar que algo se quebre. Obrigada por me avisar – respondeu, tentando encerrar a conversa e dispensar a intromissão.

Porém os interesses da vizinha eram mais fortes. Ela não parecia que ia esquecer o assunto com facilidade. Tentou olhar novamente para dentro da sala, por cima do ombro da Anna.

– O vento, como sabemos, não caminha. Pareciam passos – retrucou ela, de maneira altiva. – Não era barulho de vento.

No interior do armário, Chaim conseguia ouvir a conversa entre elas e ficou apavorado. O suor escorria por suas costas. Além de colocar em risco sua vida, ameaçava a vida de sua protetora.

Anna era uma mulher esperta, sabia da teimosia e da curiosidade de sua vizinha.

– Podem ser ratos. A senhora sabe como os ratos andam famintos nestes tempos de guerra. Fuçam tudo atrás de comida – e encerrou a frase, olhando diretamente nos olhos da senhora Novak, que mantinha sua atitude arrogante.

O senhor Novak fez menção de se retirar, pois não queria se meter na vida alheia e ficou incomodado com a ironia, mas sua mulher não cedia.

Anna não precisava da animosidade de um vizinho e menos ainda da Gestapo a vasculhar sua casa. Por isso, mudou o tom de voz e convidou o casal para entrar.

– Mas que falta de educação a minha, deixar os senhores do lado de fora neste frio. Por favor, entrem, entrem, o corredor está gelado – Anna sabia ser falsa quando precisava.

– Não queremos incomodá-la, senhora Kowalski – respondeu o senhor Novak, dando um passo para trás.

– Muita gentileza sua, senhora Kowalski – contrariou-o a senhora Novak, entrando no apartamento.

O casal Novak nunca tinha entrado no apartamento dela, apesar de serem vizinhos há quase dez anos. Essa intromissão era consequência da guerra, quando todos queriam tirar vantagem e ganhar alguma coisa se metendo na vida alheia. Anna e a senhora Novak mal se falavam quando se encontravam no prédio, agora ela vinha bater à sua porta e até mesmo entrar em seu apartamento. O senhor Novak olhava para Anna por ela ser uma mulher bonita, apenas isso, não porque tivesse interesse na vida dela. O casal entrou, e a vizinha olhou sem pudor para todos os cantos.

Anna ofereceu uma vodca para mostrar tranquilidade, sabendo que eles recusariam.

– Vodca?

– Não, obrigada. É um bem muito valioso hoje em dia.

Os três ficaram de pé na sala, sem assunto, numa situação constrangedora.

No interior do armário, Chaim estava espremido, com medo de respirar, para não fazer qualquer ruído. Se não fosse muito magro, não caberia num espaço tão pequeno. Podia ouvir toda a conversa na sala, e isso o apavorava mais ainda.

– Sabe, senhora Kowalski, quando ouvi esse barulho estranho, achei que talvez um judeu tivesse entrado no seu apartamento. Sabe como eles são animais peçonhentos da pior espécie, sempre querendo nos roubar, tirar proveito, escondendo-se e transmitindo doenças como o tifo e a tuberculose.

Chaim ouviu o comentário da senhora Novak e ficou apavorado com a possibilidade de ser descoberto. Se pudesse, fugiria, para não colocar em risco a vida de Anna antes que descobrissem a presença dele. Mas a única saída era a porta da sala onde se encontravam os três. Se fosse descoberto, Anna acabaria presa como cúmplice e fuzilada, junto com ele.

– Um judeu no meu apartamento? – repetiu Anna, sorrindo. – Até que não seria má ideia. Eu poderia ganhar um bom dinheiro com isso. Os alemães pagam bem por um judeu, não pagam?

Os três riram do comentário.

– Sim – confirma a mulher com um sorriso –, vale a pena entregar os judeus!

Anna deu um sorriso amarelo, e Chaim tremeu no guarda-roupa.

A vizinha olhou para a cozinha e reparou que dois lugares foram colocados na mesa.

– Esperando alguém para jantar, senhora Kowalski?

Anna percebeu o problema e tentou controlar o nervosismo. O casal Novak olhava para ela, esperando uma resposta.

– Sonja. Minha amiga Sonja vem jantar aqui.

– Que luxo, senhora Kowalski! Em pleno regime de racionamento convidar uma amiga para jantar – falou a senhora Novak, sem nenhum constrangimento de invadir a vida alheia. – E sua amiga não sabe que é perigoso andar por Cracóvia à noite?

Anna aprendeu a sobreviver sem o marido a duras penas durante a guerra, e era uma mulher cheia de malícia. Sabia como escapar de situações constrangedoras. Encontrou uma resposta satisfatória.

– Sonja namora uma pessoa importante, sra. Novak, muito influente. Com isso tem certos privilégios. Algo mais que o cupom de racionamento e, além disso, salvo-conduto para andar à vontade pelas ruas. Talvez ela nem venha sozinha, traga seu acompanhante, se ele estiver livre esta noite. Mas não é certo, pois, como eu disse, ele é muito importante – Anna disse com segurança, para dar a entender que sua amiga tinha amizades influentes, que podiam ser úteis.

A senhora Novak não se intimidou muito com essa história e empinou o nariz. Não perdia a arrogância. Balançou a cabeça, em sinal de concordância, ao mesmo tempo em que se mostrava desconfiada. Era o clima entre eles, de caça e caçador. A senhora Novak também não era uma pessoa ingênua.

– Certas pessoas fazem qualquer coisa para sobreviver nestes tempos difíceis – retrucou com desprezo.

Anna balançou a cabeça afirmativamente.

– Tempos difíceis.

– Tempos difíceis – concordou o sr. Novak.

Para surpresa de Anna, a senhora Novak dirigiu-se ao dormitório, sem nenhum constrangimento.

– Veja, querido, ela conseguiu colocar um bom guarda-roupas no dormitório – e antes que Anna pudesse fazer qualquer coisa, ela entrou no quarto.

Anna ficou tão surpresa que nem conseguiu reagir e permitiu que ela entrasse no quarto. Se a vizinha intrometida abrisse a porta do guarda-roupa, seria o fim de ambos. A senhora Novak encostou a mão na porta.

– Um armário muito bom, com um tamanho excelente – comentou o senhor Novak.

– Cabe um judeu dentro dele – riu a senhora Novak.

Chaim, de dentro do armário, ouviu tudo e ficou ainda mais apavorado com a possibilidade de ser descoberto. Anna, por sua vez, esforçava-se para não demonstrar o nervosismo.

– Posso? – A senhora Novak perguntou, colocando a mão na porta para abri-la, sem esperar pela resposta.

O coração de Anna disparou ao imaginar que Chaim pudesse ser descoberto. Nada podia fazer para impedir que a mulher abrisse aquela porta. Se a proibisse, estaria se condenando. O melhor a fazer era deixar que ele fosse descoberto e fingir surpresa, tanto quanto o casal Novak, para tentar escapar da acusação de esconder judeus. "Melhor entregar o garoto do que ser cúmplice", ela pensou. Anna se preparou para o pior. Mas, dentro do armário, Chaim percebeu o que estava para acontecer e cravou as unhas na porta para impedir que fosse aberta. Segurou-a com todas as forças para salvar a própria vida. Os trabalhos braçais que exerceu no passado lhe deram força suficiente para segurar a porta. As unhas doíam, pareciam saltar. A senhora Novak tentou abrir a porta, mas não conseguiu. Anna achou uma explicação.

– Essa porta sempre fica emperrada, a madeira deve inchar no frio.

A senhora Novak ainda tentou abri-la mais uma vez, Chaim sentiu as unhas querendo descolar da pele, mas a sobrevivência falou mais alto. O senhor Novak, cansado daquela situação, decidiu tomar uma atitude.

– Chega, querida! Acho que já abusamos demais da gentileza da senhora Kowalski. Vamos embora – disse ele, segurando a esposa pelo braço.

Para alívio de Anna e de Chaim, a senhora Novak largou a porta do armário, e o casal se dirigiu para a saída.

– Bem, senhora Kowalski, não vamos atrapalhá-la, a senhora vai receber visitas, tem que se preparar, boa noite – encerrou a conversa o senhor Novak, puxando a esposa pelo braço e olhando para Anna de maneira diferente.

Anna imaginou que ele iria "cobrar algo" dela mais tarde por essa interferência. Assim eram os tempos de guerra. Ela acompanhou o casal à porta e se despediram. Eles saíram do apartamento, mas, antes de descer as escadas, a senhora Novak fez mais um comentário, e Anna sentiu um tom de ameaça na voz dela.

– Para sua tranquilidade, senhora Kowalski, nós vamos ficar atentos. Se ouvirmos novamente algum barulho estranho, chamaremos a Gestapo. Boa noite.

Anna fechou a porta. Respirou fundo, aliviada com o final feliz. Sentiu vontade de matar a senhora Novak, mas dirigiu seu ódio para Chaim. Se descobrissem que ela escondia um judeu em sua casa seria denunciada e morta. Ou mandada para um campo de concentração. Ajudar Chaim poderia ter custado a sua vida, e ela não sabia de quem tinha mais raiva: da vizinha, que se metia na sua vida, ou de Chaim, que não respeitou suas ordens e fez barulho durante a sua ausência. Voltou decidida ao quarto, abriu a porta do armário, arrancou Chaim de dentro e começou a bater nele com raiva, numa fúria cega. Estapeou o rapaz, que nada podia fazer a não ser tentar se defender, e ainda ficar mudo, sem emitir qualquer som. Ela bateu nele até se cansar e, por fim, caiu exausta na cama. Deitou-se e agarrou o travesseiro para chorar em silêncio. Soluçou desesperadamente. Chaim ficou caído no chão, encolhido, com hematomas no rosto e o nariz sangrando. Tentou estancar o sangue com a camisa, que ficou vermelha. Não chorava, não falava nada. Entendia a raiva de Anna, o motivo que a fez agir dessa maneira, e se sentiu o pior dos homens. Sabia que sua presença no apartamento significava risco de morte para ela.

Passaram-se alguns minutos, Anna continuou chorando. Amedrontado como um animal indefeso, ele se aproximou lentamente dela, tentando lhe fazer um carinho e confortá-la, mas foi rechaçado com força e raiva.

– Eu vou embora, não vou mais arriscar sua vida – disse Chaim.

– Cale a boca! Você só vai embora se eu mandar – respondeu Anna, com raiva, apontando um dedo para ele.

Ele voltou a se sentar no chão, encolhido no canto do quarto. Não queria que Anna ficasse com raiva dele, era a única pessoa com quem podia contar no mundo, toda sua família estava morta. Não tinha mais parentes, amigos, ninguém, e agora Anna estava com ódio dele. Não conseguia entender por que sua vida era tão difícil e por que sofria tanto. Queria pedir desculpas para sua protetora e amante, e ela não o deixava abrir a boca.

Anna se acalmou, o medo diminuiu e a crise de choro passou. Parecia que só então ela havia se dado conta do perigo real de esconder Chaim naquele apartamento pequeno com vizinhos tão curiosos. Uma operação de altíssimo risco. A morte passou perto. "E agora, o que fazer?", pensava ela.

Passaram-se alguns minutos. Chaim, encolhido no chão e muito triste por ter colocado em risco a vida da sua salvadora, pensava em partir, voltar para as ruas. Não queria fazer mal a Anna. Ela, por sua vez, se acalmou e entendeu que não restava alternativa a não ser arriscar a vida por ele. Protegê-lo e tê-lo ao seu lado tinha riscos, como tudo na vida. Custo e benefício. Dar e receber. Prazer e dor. Ela gostava de Chaim ao seu lado, esperando por ela depois do trabalho. Isso tinha um preço.

Para surpresa de Chaim, Anna tirou a roupa e deitou na cama. Seus seios subiam e desciam com a respiração forte e compassada.

Eram lindos, redondos e volumosos. Não conseguia tirar os olhos deles e ficou excitado. A libido falava muito mais forte num jovem de quinze anos do que o medo da morte. A morte não podia ser vista nem tocada, enquanto Anna estava lá, ofegante e ao seu alcance. E ela fez um sinal para que ele se aproximasse.

Ele se levantou do chão, se despiu e deitou na cama. Ele queria falar, se desculpar, mas Anna fechou sua boca com um beijo ardente. Passou do ódio ao prazer e começou a beijá-lo com muita intensidade. Não havia o que falar, nem desculpas para pedir. Agarraram-se apaixonadamente como se mais nada importasse. Nem a guerra, nem os nazistas, nem a morte. O que importava eram os dois corpos se unindo. Uma relação intensa, quente. Como sempre, em silêncio total, para que os vizinhos não os ouvissem. Gritavam sem emitir sons, gemiam sem nenhum ruído, parecia uma cena de sexo de um filme mudo ou embaixo da água.

Alguns minutos depois, ambos estavam exaustos. Anna acendeu um cigarro e apoiou as costas na cabeceira da cama para fumar.

Mas ela nem olhou para Chaim. O garoto tentou conversar para desfazer o clima criado pela senhora Novak, mas Anna não parecia nem um pouco disposta. O sexo tinha sido apenas uma maneira de extravasar a tensão. Ainda estava com raiva dele – ou da situação.

– Anna, você percebeu que já recuperei alguns quilos? – ele falou tentando quebrar o gelo.

– Graças a mim. Caso contrário, você já estaria morto ou rastejando pelos esgotos – Anna respondeu rispidamente, sem nem mesmo olhar para ele.

Chaim se sentiu humilhado.

– Eu sei. E serei sempre grato. Jamais vou esquecer o que você faz por mim.

– É bom mesmo! Arrisco minha vida por você. Minha vida por um judeu!

Ela se virou para o outro lado. Ainda estava com muita raiva.

.17.

Cracóvia, 2004

Basia estava sentada na poltrona, fumando um cigarro, enquanto David, nervoso, andava de um lado para o outro na pequena sala. Ele ficou irritado com a revelação de que ela era filha do seu pai. O clima entre eles estava pesado.

– Não pode ser! Você não é minha irmã. Eu não tenho uma irmã polaca!

– Se eu posso ter um irmão judeu – respondeu Basia, de bom humor –, você pode ter uma irmã polaca.

Ele apontou o dedo para ela.

– Não fale assim comigo. Não sou seu irmão, e ele não é seu pai. Respeite meu pai. Ele sofreu demais por causa de vocês, poloneses.

Basia ficou irritada com esse comentário e não aceitou a acusação.

– Você pode negar o quanto quiser, mas ele é meu pai também! Ele engravidou minha mãe! Judeu ou não judeu, ele também é meu pai!

– Meu pai nunca me falou que ela tinha engravidado nem que tivesse uma filha. Você não é filha dele.

David, uma pessoa muito ansiosa, não conseguia ficar parado, andava de um lado para o outro o tempo todo. Não podia aceitar o que ela lhe dizia, não podia acreditar naquilo. Nunca imaginou que seu pai tivesse uma filha na Polônia. Estava chocado com a revelação.

Basia, de personalidade mais tranquila, não se irritava com os comentários de David. Já tinha enfrentado muito sofrimento, primeiro logo após a guerra, depois durante o comunismo na Polônia e de novo quando o comunismo desmoronou. Uma pessoa que passou por tudo isso não se abala facilmente.

— E por que seu pai contaria isso para você? — ela perguntou. — Se ele nunca quis me conhecer, nunca se interessou por mim. Pelo contrário, ele queria esconder que tinha uma filha polonesa, queria esconder essa parte da história dele.

— Por que você insiste nessa besteira? Você odeia os judeus, sua mãe odiava os judeus, todos aqui odeiam os judeus, e agora você quer ter um pai judeu?

— Eu não queria ter um pai judeu, mas tive! Você não sabe o que aconteceu aqui há sessenta anos! Você não estava aqui para saber. Seu pai não contou a verdade, ele tinha vergonha de falar a verdade.

David ficou ainda mais irritado, e respondeu, gritando, visivelmente alterado:

— Você quer a verdade? A verdade é que sua mãe abusou dele enquanto interessou, e depois ia trocá-lo por um quilo de manteiga e toucinho, que era quanto valia um judeu para vocês, polacos! Vocês entregavam os judeus por um pouco de gordura! Era isso o que os poloneses faziam durante o Holocausto!

Basia não se intimidou com os gritos de David. Era uma mulher forte, que já havia lutado muito na vida, e não tinha medo de gritos.

— Seu pai mentiu para você, David, contou a versão que era mais confortável e segura para ele. A verdade é que minha mãe se apaixonou e arriscou a vida para salvá-lo. O amor impossível de uma católica por um judeu durante a ocupação! Uma história de amor — respondeu ela com tranquilidade.

Diante daquelas palavras, David riu de maneira irônica.

— Sei... Hoje todos negam a participação no Holocausto. Ninguém denunciou os judeus, todo mundo ajudou, todos esconderam os judeus. É curioso, se todos ajudaram, como morreram seis milhões? Na Alemanha, é a mesma coisa, ninguém assume que o avô foi nazista, que o avô matou crianças judias. Como Hitler chegou ao poder pelo voto se ninguém gostava dele? Onde Hitler arrumou tantos alemães dispostos a trabalhar nos campos de extermínio se ninguém odiava os judeus? Hoje, todos os vizinhos dizem que ajudaram os judeus durante a guerra, que amavam, respeitavam e protegiam os judeus! Hoje falam isso, mas há sessenta anos onde estavam essas pessoas?

— O que aconteceu na Alemanha eu não sei, mas sei que aqui muitos poloneses salvaram judeus.

— Não foram muitos, Basia. Não foram tantos assim, caso contrário, menos judeus teriam sido assassinados – respondeu David com convicção. – Na Polônia, na Lituânia, na França, em todos os países, foi igual. Poucos salvaram os judeus. Mas não quero me referir aos poucos que salvaram os judeus e foram homenageados como Justos entre as nações. Falo dos muitos assassinos, onde estão? Todos negam o passado, ninguém assume que denunciou mulheres e crianças, ninguém assume que trabalhou nos campos de concentração, ninguém diz que apoiava Hitler e concordava com ele!

— É verdade, David. Muitos denunciaram para ganhar uma recompensa ou porque simplesmente odiavam os judeus. Denunciaram crianças, até mesmo bebês inocentes. Hoje é difícil encontrar alguém que assuma ter feito isso. Mas você não pode generalizar. Nem todos eram maus.

— Não estou generalizando, estou constatando. Isso é História, isso aconteceu, Basia.

— Você não sabe o que foi a guerra – ela falou com ar de cansaço –, a luta que era sobreviver, mesmo fora dos campos, com a Gestapo e os nazistas caçando quem não seguia as suas ordens. Conseguir trabalho, comida... A vida era de terror para os dois lados, judeus e poloneses. Os alemães matavam sem piedade.

— É verdade, não sei o que foi a guerra. No país onde nasci não passei por nenhuma guerra. Mas sei o que é dignidade. Honra! Alguns, poucos, é verdade, tiveram coragem de salvar e esconder judeus. Recusaram as ordens de entregá-los, mesmo correndo o risco de perder a própria vida. – David parecia se acalmar.

— Na guerra, não existe dignidade. As pessoas fazem qualquer coisa para sobreviver – ela falou baixinho, quase com sentimento de culpa.

— Até mesmo matar mulheres e crianças?

– Até mesmo vender a própria alma – respondeu Basia, com tristeza.
– Foi o caso da sua mãe? – perguntou David bruscamente.
Basia o fulminou com os olhos.
– Minha mãe não vendeu a alma ao diabo. Minha mãe foi justa!
– Não foi o que meu pai disse.
– Você conheceu a versão dele, agora vai conhecer a outra versão.

Basia acendeu outro cigarro, baixou o tom de voz e ficou emocionada com o passado, com o que ouvia a mãe contar nas noites frias de inverno em Cracóvia.

– Quando eu cresci e comecei a entender o que se passava, minha mãe contou, com lágrimas nos olhos, que se apaixonou por um garoto frágil e assustado que apareceu de repente, perseguido como um coelhinho. Ela o escondeu, alimentou, cuidou dele e acabou se apaixonando – Basia falava com o olhar perdido, como se recordasse as palavras de sua mãe. – No começo, era apenas carência, falta de companhia, mas, no fim, aquilo se transformou em um grande amor. Ela tinha perdido o marido no começo da guerra, os pais viviam longe, no norte, perto da fronteira com a Lituânia, e era impossível viajar até lá. A guerra era terrível, as pessoas não confiavam em ninguém, a solidão era muito grande, e então ela se apaixonou. Ele era tão indefeso!

– Você quer me convencer de que sua mãe não se aproveitou sexualmente do meu pai, mas sim que se apaixonou por ele? – David revidou, enquanto andava em círculos a passos largos na pequena sala.

– Não quero convencer você de nada, David. Foi isso o que aconteceu, você pode acreditar ou não – Basia respondeu, com segurança.

– Uma mulher madura de trinta anos se apaixonou por um menino ingênuo de quinze. Que bela história!

– Quando perguntei para ela onde estavam os pais desse menino, por que o perseguiam, ela respondeu que ele era judeu. Eu ainda não entendia isso. Nem sabia o que significava judeu, havia poucos em Cracóvia depois da guerra. Mas foi assim que eu soube que meu pai era judeu.

Basia deu mais uma forte tragada e continuou sua versão da história.

– E depois que minha mãe arriscou a vida para salvá-lo, o que ele fez? Descobriu que ela estava grávida e fugiu! Meu pai fugiu! – falou

Basia, como se divagasse, lembrando o passado. – Não teve coragem de ficar do lado dela e apoiá-la.

David não conteve a fúria ao ouvir o pai ser chamado de covarde e deu um soco tão forte na porta que quase rachou a madeira. Gritou para o prédio inteiro ouvir. Ora se expressava em polonês, ora em inglês, ora em português; às vezes, as palavras lhe faltavam.

– A guerra deixou você louca, Basia – acusou-a –, completamente louca. Você e sua mãe!

– A história foi essa, David, aceite você ou não – ela disse calmamente, sem se exaltar com os gritos dele. – Durante um tempo, foi uma bela história de amor. Ela se apaixonou, ficou grávida, e ele fugiu.

– Ele foi vítima!

– Se minha mãe o amava, esperava um filho dele, por que ela iria denunciá-lo? Seu pai, que infelizmente também é meu pai, foi um covarde! – ela disse acusatoriamente. – Isso não posso deixar de falar!

– Você está acusando o meu pai!

Pela primeira vez, Basia se exaltou, perdeu a cabeça e a razão.

– Não se pode confiar num judeu!

Essa acusação ao pai, somada ao preconceito, fez crescer a raiva dele.

– Está vendo? Você odeia os judeus como todos os poloneses. Isso está impregnado no sangue. Você disse que não sabia o que era um judeu, mas odeia mesmo assim.

– Claro que odeio! Odeio pelo que ele fez com a minha mãe.

– Agora é você que vê apenas um lado da história. Milhares de judeus foram denunciados. Poderiam ter sido salvos, mas foram entregues aos nazistas pelos poloneses. Sua mãe mentiu para você, como todos os poloneses mentiram depois da guerra! E continuam mentindo.

– Dobre a língua para falar dos poloneses! – Basia se exaltou de novo. – Os poloneses também foram vítimas dos alemães. Muitos judeus exploravam o povo polonês, assim como seu pai explorou minha mãe e fugiu quando ela engravidou, para não assumir a responsabilidade.

– Pronto! Caímos no lugar-comum. Esse é o eterno discurso dos antissemitas! – rebateu David.

A discussão saiu do nível pessoal e passou para o perigoso terreno da intolerância e dos sentimentos irracionais do preconceito. O preconceito era emocional e inexplicável, e, portanto, impossível de ser tratado de maneira racional.

– Infelizmente, minha mãe amou um judeu! – rebateu Basia.

Como podiam dialogar uma polonesa que odeia judeus e um judeu que odeia poloneses? A raiva de David cresceu tanto que ele perdeu a razão e a educação, e ela, como reação contrária, perdeu o controle.

– Senhora Kowalski, a senhora odiava seu pai e, como acha que ele era judeu, apesar de ninguém ter certeza de quem foi seu pai, pois sua mãe era uma polaca vagabunda que se entregava a qualquer homem, você passou a odiar todos os judeus! – acusou David.

– Judeu filho da puta! – Basia perdeu o controle e deu um tapa na cara dele.

O tapa foi tão forte que o sangue começou a escorrer da boca de David. Os dois ficaram chocados com o rumo que a discussão havia tomado.

.18.

Entre os países ocupados pelos alemães durante a guerra, a Polônia foi o que sofreu repressão mais violenta. Em muitos outros países, os próprios cidadãos assumiam uma política pró-nazismo e cumpriam as ordens alemãs com muita eficiência. Muitas vezes, como no caso da França, a emenda saiu melhor que o soneto. O governo francês do marechal Petain era pró-nazista e, vergonhosamente, baixou a cabeça. A polícia francesa deportou para Auschwitz setenta mil judeus, entre eles, quatro mil crianças. Nenhum alemão participou da busca, prisão e deportação desses judeus franceses. A França chegou a ter campos de concentração, guardados por policiais franceses. Lituânia, Ucrânia e Holanda obedeciam às ordens nazistas muito bem, e a repressão aos seus cidadãos foi menos violenta do que na Polônia. Assim como na França, em muitos países não era necessário colocar um alemão para manter o controle. Sempre havia pró-nazistas dispostos a vender a pátria para os invasores. Na Noruega, Quisling foi um traidor do seu país, colocado como chefe do governo nazista. Na Polônia, verdade seja dita, antes mesmo de procurar um polonês disposto a servir o regime nazista, os alemães colocaram Hans Frank para governar, e ele impôs medidas muito violentas para quem não obedecesse a suas ordens.

As mais severas dessas medidas eram tomadas contra quem protegesse ou escondesse judeus. Se, por um lado, o prêmio para quem denunciasse um judeu era açúcar, gordura ou carne, por outro lado, para quem escondesse, a punição era a morte de toda a família. Com isso, milhares de poloneses denunciaram judeus, identificaram vizinhos, fingiam receber crianças para escondê-las e depois as entregavam aos nazistas. Mas também algumas centenas tiveram a coragem e a nobreza de proteger e esconder judeus durante o Holocausto. Esses não judeus foram homenageados após a guerra com o título de "Justos entre as nações" pelo Estado de Israel. Esconder um judeu durante a guerra não era tarefa fácil. Alguns conseguiram ficar em celeiros de fazendas isoladas, o que lhes permitia relativa liberdade. Outros viveram durante anos em cubículos, entre paredes ou porões gelados, apertados, sem poder ver a luz do dia. Verdadeiros emparedados vivos.

Vivendo em cubículos como esses, as pessoas não podiam se mexer ou fazer barulho, para não chamar a atenção dos vizinhos, não podiam tomar banho e precisavam de complexas operações para eliminar os seus dejetos. Muitos esconderijos abrigaram várias pessoas, e, depois de algum tempo, a convivência em espaços tão exíguos ficava insuportável. Crianças não podiam chorar, adultos não podiam tossir. Algumas famílias tiveram a sorte de entregar a filha para uma família não judia, que a transformou em empregada da casa, sem levantar muita suspeita. Muitos poloneses faziam isso por piedade, por conhecer e gostar dos seus vizinhos judeus, e achavam que era correto. Outros fizeram por dinheiro, recebiam para esconder os judeus. Muitas vezes, quando o dinheiro acabava – a guerra durou muito tempo –, eles simplesmente abandonavam os protegidos à própria sorte ou os denunciavam em troca da recompensa que os nazistas ofereciam.

O preconceito contra os judeus, não se pode negar, sempre foi muito forte, mesmo antes da guerra. O povo polonês em geral não gostava dos judeus, considerava-os estrangeiros, apesar de estarem no país há quase mil anos. O antissemitismo era tanto que, após a guerra, alguns poloneses pediram aos judeus que foram escondidos que mantivessem em segredo a identidade dos seus salvadores, com medo da represália dos vizinhos. Temiam serem alvos de ataques dos próprios conterrâneos por terem escondido judeus. Muitos "Justos entre as nações" só foram reconhecidos vinte ou trinta anos depois da guerra, por medo de serem taxados de "amigos dos judeus".

.19.

Cracóvia, 1942

Chaim só conseguia levar a vida de maneira um pouco normal quando Anna estava em casa. Ele podia andar um pouco pelo apartamento, ir ao banheiro e beber água sem que o barulho chamasse a atenção dos vizinhos, principalmente da senhora Novak. Quando estava só, ficava parado, deitado na cama ou sentado no sofá. Qualquer ruído podia denunciá-lo. Não urinava, não bebia água e não comia enquanto Anna não chegasse. Seu dia era entediante, e ele beirava a loucura. Um garoto de quinze anos, cheio de energia e curiosidade, obrigado a ficar quieto numa cama sem nada para fazer, sem nem mesmo poder ouvir rádio. Quando Anna saía de manhã, a casa ficava em silêncio profundo, e o tempo não passava. Os minutos tornavam-se intermináveis, o silêncio incomodava os ouvidos, uma tortura, como se ele entrasse numa cela solitária a cada manhã para ser libertado apenas no final do dia, quando sua Anna chegava. Hora após hora, dia após dia, semana após semana, o tédio se sucedia e tomava conta da alma dele. Era preciso ter grande resistência para suportar essa provação, e o garoto Chaim tinha. Muitos, na mesma situação, desistiram e se entregaram, mas ele prometeu ao pai sobreviver e contar ao mundo o que estava acontecendo aos judeus, e ia cumprir sua promessa.

Depois de algumas semanas, Anna lhe fez uma bela surpresa.

– Chaim, trouxe um presente para você – ela falou alegremente ao chegar em casa com um pacote embrulhado em jornal.

Entregou o pacote ao garoto, que rasgou rapidamente o papel para descobrir o que estava ali dentro.

– Um livro! Você conseguiu um livro para mim, Anna! – ele exclamou sorrindo, coisa que não fazia desde que a guerra tinha começado.

– Se eu soubesse que você tinha um sorriso tão bonito teria comprado um livro qualquer antes. Nunca vi você tão alegre – ela falou enquanto o abraçava.

– *Robinson Crusoé*! Que coincidência você me dar este livro!

– Você já leu? Não sabia.

– Não, não li, mas conheço a história, e, de certa maneira, ela se parece com a minha.

– É sobre judeus? – perguntou Anna com ingenuidade. – Se soubesse, teria comprado outro.

– É sobre um náufrago que vai parar numa ilha deserta – respondeu ele rindo –, e lá encontra só uma pessoa, um único amigo, que ele chama de Sexta-Feira.

Anna sentiu uma alegria muito grande ao ver a felicidade de Chaim. Jamais tinha imaginado que um livro pudesse agradá-lo tanto.

– E por que essa parece a sua história, Chaim?

– De certa maneira, também sou um náufrago, Anna. Todos os que viajavam comigo se afogaram. Meus pais, minha irmã, os judeus que estavam comigo... E eu vim parar nesta ilha, e você é minha Sexta-Feira, minha única amiga, a única pessoa com quem posso conviver e conversar para manter minha sanidade, me sentir um ser humano – Chaim respondeu, parecendo uma pessoa mais madura.

Os dois se beijaram apaixonadamente. Chaim refletiu sobre o nome do índio, Sexta-Feira, o começo do *shabat*.

A partir desse dia, Chaim leu e releu *Robinson Crusoé*, saboreando cada letra do livro. Quando acabava, começava de novo. Era sua única distração e uma satisfação imensa. Anos depois, quando já estava a salvo, ainda mantinha um exemplar de Robinson Crusoé na cabeceira, e todas as noites folheava com prazer algumas páginas.

No apartamento de Anna, o livro o fazia viajar para longe daquele inferno que era a Polônia, o ajudava a se distrair e a manter a leitura em dia. Fazia mais de dois anos que não ia à escola. Ele tinha certeza de que ia se salvar, e, quando a guerra acabasse, voltaria a estudar e a ter uma profissão.

Uma noite, quando Anna descansava no quarto e Chaim lia na sala, eles ouviram um barulho assustador vindo do lado de fora do apartamento. Freios de automóveis agarrando os paralelepípedos da rua como os gritos de uma ave de rapina. Em seguida, portas de carros abrindo e fechando. Gritos em alemão e tiros. Era dessa maneira que a Gestapo chegava, com sua violência característica. Com certeza, houve uma denúncia, e a polícia foi chamada para capturar alguém. Podia ser a captura de um polonês da resistência ou de um judeu escondido. O medo tomou conta de Chaim e Anna. "Será que vieram me buscar?", pensava ele, apavorado com a possibilidade de cair nas mãos dos nazistas. Largou o livro, em pânico.

Anna correu do quarto para a sala para ver o que acontecia lá fora. Estava só de calcinha, envolta num edredom. Aproximou-se da janela, abrindo uma fresta da cortina para que pudesse ver sem ser vista, como faziam as pessoas em todas as janelas da rua. Todos queriam ver, mas tinham pavor de serem vistos. Melhor não testemunhar o que acontecia nessas noites de terror. Ela olhou para fora. Chaim não podia se arriscar a olhar pela janela, e seu medo era maior ainda. Baixinho, perguntou o que ela estava vendo, mas Anna não respondeu. Se a batida policial fosse no prédio dela, era ela que eles queriam, e já não tinha para onde fugir. "Alguém nos denunciou", ela pensou. "A sra. Novak!" O medo se apossou dos dois. Ouviram mais tiros e mais carros, que chegavam dos dois lados da rua, cercando uma pequena área bem em frente ao prédio deles.

— Será que senhora Novak denunciou a gente? — perguntou Chaim.

Ela não respondeu, o que o deixava ainda mais nervoso.

— Anna, o que está acontecendo?

Anna não falava nada. Continuava olhando para fora, rezando para que a batida não fosse no seu prédio. Quando a força policial alemã entrou no prédio em frente, ela respirou aliviada.

– Graças a Deus não é aqui, é no prédio em frente, Chaim – disse Anna, fazendo o sinal da cruz, sem perceber o pecado que cometia ao agradecer a Deus que fossem outras as vítimas, e não ela.

Assim era a guerra: agradecia-se quando os outros eram perseguidos e mortos.

Anna continuou a olhar pela janela e a observar os outros apartamentos. De cada janela, uma cabecinha escondida no escuro olhava para fora. Cada um rezava para que o outro fosse o procurado. Chaim também relaxou, agradeceu não terem sido eles os procurados, e ficou feliz por ter vencido a morte mais uma vez. Na verdade, todos perdiam a referência de civilidade.

De repente, o barulho ensurdecedor das rajadas de metralhadoras, e, na janela de um dos apartamentos no prédio em frente, o brilho das faíscas das balas e da pólvora.

– O apartamento foi invadido, alguém foi executado – comentou Anna, baixinho.

Por fim, um grupo de soldados alemães saiu do prédio, empurrando três meninas que tinham, ao que parecia, entre oito e treze anos com as mãos para cima, como se fossem criminosas perigosas. Mesmo na escuridão da noite, era possível ver a Estrela de Davi no casaco delas. Três crianças tratadas com violência pelos soldados alemães. Eles gritavam, berravam ordens, batiam com a coronha das armas nas costas frágeis e magras das meninas, como se as três crianças fossem perigosos soldados armados. Chaim queria muito ver o que estava acontecendo e se aproximou com cuidado da janela. Mesmo sabendo que alguém podia vê-lo e denunciá-lo. Ele deu uma rápida olhada para fora, e o que viu lhe provocou náuseas. Os policias empurravam as crianças em direção a um dos carros, quando, uma das meninas, num gesto desesperado, tentou fugir. Imediatamente, um soldado abriu fogo com a metralhadora, e ela foi jogada ao chão com o impacto. Começou a se formar uma mancha de sangue embaixo do seu corpinho.

Anna continuou olhando para fora.

— Felizmente não foi aqui, Chaim! Achei que a polícia tinha vindo ao nosso apartamento!

Felizmente não foi aqui!

— Mas não foi nada. Os alemães pegaram três judias fora do gueto.

Não foi nada!

Chaim sentiu um golpe no estômago ao ouvir a maneira como ela comentou aquela barbárie. Não foi nada. O "nada" se referia ao fato de que os alemães pegaram três crianças judias para matá-las!

— Anna, como você pode falar que não foi nada? Eles vão matar as meninas! – ele não se conteve.

— O que você queria? Que eles viessem aqui pegar você e me matar? Graças a Deus não foi aqui, Chaim! – Anna respondeu, brava. – Achei que a senhora Novak tinha nos denunciado!

— Mas são três crianças, Anna!

— São três judias que alguém ajudou a esconder e, por isso, pagou com a vida. Por que você não desce lá e tenta salvá-las?

Chaim se encolheu na poltrona.

— Você sabe que eu não posso fazer nada.

— Então, não adianta chorar, Chaim. Eu também não posso fazer nada por elas. Já estou arriscando a minha vida para salvá-lo. Não venha me acusar de ser insensível. Graças a mim, você está vivo.

— Eu sei, Anna. Se não fosse você, eu estaria morto como meus pais.

— Esqueça seus pais, como esqueci meu marido. Eles morreram, e os mortos a gente enterra – Anna falou com um tom de raiva.

— Não enterrei meus pais – respondeu Chaim baixinho!

Do lado de fora, os carros partiram cantando os pneus, e o corpo da menina ficou jogado na calçada. A mancha de sangue escorrendo para o meio-fio. Antes de o dia clarear, ninguém teria coragem de descer e recolher o corpo.

Anna fechou a cortina sem falar nada. Chaim percebeu que ela tremia, porque se sentia nervosa, amedrontada. Escondê-lo estava aos poucos minando sua resistência. Por mais que fosse forte, os fatos a abalavam. Ele não sabia o que fazer, não sabia se a abraçava ou a deixava quieta. Além disso, também tinha de controlar o próprio nervosismo.

Ela foi até a estante, pegou a garrafa de vodca, encheu um copo e tomou tudo de um gole só, para tentar se acalmar. A imagem da menina fuzilada pelas costas não saía de sua cabeça.

– Venha, vamos para a cama – disse Anna, a caminho do quarto, soltando o edredom e exibindo o corpo nu, sem virar para trás ou olhar para Chaim, que continuava parado na janela.

– Não, hoje eu não quero – respondeu ele.

Ela virou a cabeça, os olhos brilhando de raiva:

– Garoto, não estou pedindo, estou mandando – falou, apontando o dedo para ele.

Chaim se levantou e foi para o quarto.

.20.

No final de 1942, a guerra continuava sem previsão de acabar, e Hitler parecia cada vez mais forte e imbatível. Os bombardeios aéreos castigavam Londres, e Churchill podia fazer muito pouco para evitar a destruição da cidade. Os londrinos viviam correndo para os abrigos antiaéreos ou para as estações subterrâneas do metrô. Holanda, Bélgica, Noruega e Dinamarca estavam conquistadas. Em julho, a França confinava seus judeus em campos de concentração no território francês.

A guerra tinha chegado à Grécia, Bulgária, Iugoslávia, Albânia. E se espalhado para o norte da África e da Ásia: Líbia, Egito, Irã, Iraque, Etiópia. Ao leste, chegou à Ucrânia, Romênia, Lituânia, Letônia, Estônia. Os alemães pareciam invencíveis. A invasão da Rússia, codinome Operação Barbarrosa, ainda parecia que teria sucesso. Os alemães estavam a vinte e cinco quilômetros de Moscou, e iniciavam o cerco de Leningrado, que ficou quatrocentos dias sitiada. Quando a comida acabou, comeram os ratos, gatos e cachorros. Por fim, chegaram a alguns casos de canibalismo.

Em Stalingrado, a violência também alcançou níveis nunca antes imaginados numa guerra. As notícias que chegavam eram desanimadoras. No Leste europeu, alguns judeus fugiam para as florestas e criavam grupos de resistência, usando o que podiam para se armar e cometer atentados contra os alemães. O mais famoso desses grupos se formou na Lituânia e ficou conhecido como os Irmãos Bialski. Chegaram a ter centenas de membros. Alguns Pitliuks pertenceram a esse grupo, sobreviveram e, depois *da guerra, foram para Israel, onde usaram os conhecimentos de guerrilha na Guerra da Independência e na Guerra dos Seis Dias.*

Os japoneses atacaram Pearl Harbor, forçando os americanos a entrarem na guerra que se espalhava para o Extremo Oriente. Todos esperavam por notícias mais animadoras, mas elas não chegavam. Os judeus temiam que Hitler conquistasse o mundo e que, assim, eles fossem todos exterminados.

#

Depois que os vizinhos Novak começaram a desconfiar, todo cuidado era pouco. Chaim tinha de controlar até mesmo sua bexiga, mas estava vivo, alimentado e com um teto sobre a cabeça. Toda a sua família tinha desaparecido, e ele não tinha dúvidas sobre o seu destino caso fosse capturado. Não podia reclamar, apenas agradecer a Deus e a Anna. O dinheiro que ela ganhava era pouco para alimentar duas bocas. Precisava fazer milagres para comprar algumas coisas no mercado negro, onde tudo era muito caro. Os dois tinham de sobreviver com os poucos recursos que ela conseguia. Ele reconhecia isso, e só podia agradecê-la.

Sentado no sofá da sala, perdido em seus pensamentos, ele percebeu que Anna tinha chegado. Reconhecia seus passos na escada a distância. Olhou para a porta, mas se deu conta de que ela demorava mais que o normal para abri-la. Ficou alerta. Tanto tempo se escondendo fez dele um especialista em situações de perigo. Ela mexeu na fechadura e na maçaneta, como se tivesse dificuldade de abrir a porta. Chaim entendeu que algo estranho acontecia. Prendeu a respiração para ouvir melhor. Ela falava com alguém, reclamava que a porta não abria. "Ela não está sozinha! Alguém veio com ela, por isso ela finge que a porta não abre", ele pensou. Em silêncio, correu para o quarto, fechando-se no armário.

Chaim não tinha a menor ideia de quem poderia estar com Anna e o que iria acontecer. Ela nunca recebeu visitas nesse tempo todo em que ele estava escondido na casa dela. Ficou encolhido no armário, sem mover um músculo, respirando baixo. Só restava aguardar. Nessa posição, espremido no pequeno armário, a vontade de urinar aumentava mais ainda. Mas tinha de aguardar, não havia nada a fazer. Tinha de confiar em Anna.

Anna finalmente abriu a porta e entrou no apartamento com sua amiga Sonja. Já tinha falado dela para Chaim, das vezes que saíram juntas, das festas a que foram, mas, desde que ele chegou, tinha evitado sair com Sonja. Costumava encontrá-la depois do trabalho, tomavam algo num bar e logo queria voltar para casa. Sonja não desconfiava de nada, pois Anna não gostava de festas. Essa era a primeira vez que ela a trazia para casa. Por um lado, pensava Chaim, era arriscado, pois ele teria de se esconder e evitar qualquer barulho. Por outro lado, Sonja jamais iria desconfiar de alguma coisa. Embora fossem amigas há muitos anos, desde que Anna ainda era solteira, ela jamais contaria à amiga que escondia um judeu em casa. Esses segredos eram perigosos demais para serem compartilhados.

Sonja estava linda, muito bem-arrumada, maquiada, com roupas caras. Como sempre, sua exuberância contrastava com as roupas simples de Anna. Quando entraram no apartamento, Anna levou a comida para a cozinha. Sonja tirou um casaco de peles de uma sacola e vestiu para mostrar à amiga.

– Lindo, não? – perguntou Sonja, abraçando sensualmente o casaco, girando e sorrindo com malícia.

Anna passou a mão no casaco para sentir a qualidade da pele. Sonja o tirou e o entregou para a amiga.

– Experimente, veja que luxo!

Anna vestiu o casaco e ficou maravilhada. Rodopiou, foi até o quarto para se olhar no espelho do guarda-roupa, onde Chaim se escondia. Ficou se admirando, nunca teve um casaco assim nas mãos.

– É maravilhoso, Sonja! Macio, quentinho. Não vou devolver nunca mais! – ela brincou com a amiga.

– Se eu conseguir outro, dou esse para você.

– Namorado novo? – Anna perguntou maliciosamente.

– Não, você acha que algum polonês tem dinheiro para comprar um casaco desses? – respondeu Sonja, entrando no quarto e sentando-se na cama.

Dentro do armário, Chaim ficou apavorado, não mexia nem um dedo, a bexiga a ponto de estourar. "Elas tinham que conversar justo no quarto?"

– Um polonês não, mas quem sabe um namorado alemão, Sonja? – Anna falou com segundas intenções para sua amiga, enquanto continuava admirando o casaco.

– Você ficou louca? Acha mesmo que eu namoraria um porco alemão? Nem por todos os casacos de pele do mundo! – exclamou Sonja.

– Esses porcos olham para nós com tanta fome, com tanto apetite! – disse Anna, cutucando a amiga.

Sonja se aproximou dela, passou os braços por seus ombros e falou baixinho, como se as paredes tivessem ouvidos.

– A Agnieszka namora alemães. Ela ganha presentes maravilhosos, joias, roupas, champanhe francês – Sonja empinou o nariz. – Mas eu não faria isso de jeito nenhum! A guerra não me rebaixou tanto a ponto de sair com um alemão.

Anna segurou a mão da amiga e continuou a desafiá-la.

– Nem se ele fosse lindo? – perguntou, testando a amiga.

– Nem se fosse o homem mais bonito do mundo. Jamais sairia com um alemão.

Dentro do armário, Chaim rezava para que as duas saíssem do quarto o quanto antes, para que ele pudesse mover um pouco as pernas, que começavam a ficar com cãibras. Anna continuou cutucando a amiga e fez outra pergunta capciosa.

– E com um judeu?

Sonja olhou séria e brava para a amiga.

– Você ficou louca?

– Você não namoraria um judeu? Não é melhor um judeu que um alemão?

– Está falando sério, Anna? – Sonja perguntou, espantada com o comentário.

Anna continuou com a brincadeira perigosa.

– E se fosse um judeu rico? Ouvi dizer que ainda tem judeus muito ricos escondidos em Cracóvia.

Sonja balançava a cabeça negativamente e sacudia as mãos.

– Não, não, não! Nesse caso, prefiro um alemão! Mil vezes um alemão que um judeu!

– Você nunca dormiu com um judeu, Sonja? Nem antes da guerra?

Anna, que ainda estava vestida com o casaco de peles, deitou-se na cama. Sonja deitou-se do lado dela, e as duas se abraçaram.

– Você sabe que por dinheiro sou capaz de muita coisa, Anna, mas dormir com um judeu está fora dos meus planos. Eles são sujos, dissimulados, querem sempre explorar os outros.

– Ouvi dizer que tomam banho todas as sextas-feiras para ir à sinagoga.

– Você se lembra do que o padre nos falava sobre os judeus? Não confio neles, de jeito nenhum.

Anna acendeu um cigarro e o entregou para Sonja. As duas dividiram o mesmo cigarro e continuaram deitadas na cama, abraçadas, como grandes amigas que eram. Chaim rezava suplicante para que saíssem do quarto – o armário era pequeno, e a posição em que estava era desconfortável. Para ele, Anna ficava no quarto só para atormentá-lo.

– Sinto tanta falta de homem – disse Anna. – Preciso de sexo, preciso trepar. Acho que faria qualquer coisa por uma noite de sexo.

– Já te convidei para sair comigo à noite. Não garanto companhia jovem, que nesta época de guerra não é fácil, mas senhores poloneses com muito dinheiro estão sobrando nas noites de Cracóvia.

– Queria um jovem vigoroso.

– Anna, e se aparecesse um judeu na sua casa, o que você faria? – perguntou Sonja, sem imaginar o quanto se aproximava da verdade.

A brincadeira entre elas caminhava para uma coincidência extraordinária.

Por um momento, Anna não respondeu, surpresa com a pergunta. Olhou na direção do armário, de onde Chaim ouvia a conversa e aguardava com curiosidade a resposta dela.

– Sonja – começou Anna, mexendo no cabelo da amiga –, eu deito nesta cama vazia noite após noite, desde que meu marido morreu, sinto solidão, carência, a cama fria me deixa triste. É claro que não existe a menor possibilidade de aparecer um judeu, mas se surgisse um no meu apartamento, eu acho que treparia com ele!

Sonja caiu na gargalhada.

— Não acredito em você — comentou, sorrindo, pois achava que a amiga estava brincando. — Já que você quer mesmo arrumar um homem, venha comigo. Tem muitos poloneses nos bares de Cracóvia. Não precisa se sujar com um judeu.

Sonja se sentou na cama e olhou nos olhos da amiga.

— Judeus e alemães estão fora de cogitação. Anna, um oficial alemão me ofereceu casa, carro, até uma governanta para ficar comigo. Sabe por que não aceitei? Quando a guerra acabar, os poloneses vão se vingar das mulheres que tiveram namorados alemães. — Ela se calou. Depois de alguns segundos, completou: — E quer saber? Os poloneses também se vingarão de quem ajudou os judeus.

— Você acha que esta guerra vai acabar? — Anna falou com tristeza — Você acha que alguém vai sobreviver a esta guerra?

Sonja a abraçou e falou baixinho, com medo de que alguém as ouvisse.

— Estão dizendo que os russos começaram um contra-ataque e que o exército alemão acabou prisioneiro do inverno. Você vai ver que os nazistas serão derrotados.

— Tomara que isso seja verdade, não aguento mais essa guerra.

Elas se levantaram e foram para a sala. Chaim respirou, aliviado, e conseguiu esticar a perna para eliminar as cãibras. Anna pegou a garrafa de vodca e serviu dois copos.

— Então, vamos brindar ao fim da guerra! *Nasdorovia*!

— *Nasdorovia* — repetiu Sonja, e as duas viraram os copos de uma vez só.

Anna tornou a enchê-los, e elas beberam tudo de um gole só mais uma vez.

— Voltando àquele assunto, Anna, se quiser, posso mandar um amigo aqui na sua casa. Vai pagar um bom dinheiro para passar a noite com você.

Anna não se chocou com o comentário.

— Não, obrigada — respondeu.

— Deixe de ser boba, Anna, aproveite a vida. Se os russos ou os alemães bombardearem Cracóvia, quem sabe o que pode acontecer com a gente? É hora de viver o presente.

– Você tem razão, Sonja, mas ainda não estou preparada para isso.
– Veja os judeus. Juntaram muito dinheiro, e o que aconteceu com eles?
– São caçados como ratos, Sonja.
– Estão todos mortos, não adiantou nada toda a riqueza que tinham. Temos de viver o presente, Anna, e não faltam oportunidades para jovens bonitas como nós.
– Foi assim que conseguiu esse casaco? – perguntou Anna, tirando-o e devolvendo-o para a outra.

Sonja passou as mãos pela pele macia. Baixou o tom de voz para contar como havia conseguido o casaco. Mesmo assim, Chaim conseguiu ouvi-la.

– Descobri uma judia escondida no porão do meu prédio. Tinha a nossa idade, e tentou comprar o meu silêncio com este casaco que estava usando.

Anna e Chaim reagiram com espanto, cada um à sua maneira. Ele, de dentro do armário, ouvia horrorizado a história. Imaginou-se no lugar da judia. Ela não conseguia falar e tentou não demonstrar o mal-estar que lhe causou o relato da amiga. Sonja continuou contando a história com orgulho, como se tivesse realizado um grande feito.

– Aceitei e fingi que ia ajudá-la. Falei para ela ficar quieta que eu ia buscar um pouco de comida. Estava tão faminta, tão magra, que até chorou de agradecimento! Você precisava ver! Quando ela tirou o casaco, deu para ver que era só pele e osso. A judia estava tão magra!

Ana sentiu o estômago enjoado com a história. Imaginava o final. Chaim sentiu o coração bater tão forte que teve medo de que elas pudessem ouvi-lo da sala.

– Ela acreditou na minha história, a idiota – Sonja ficou animada e se interrompeu. – Vesti na hora, não é lindo? Parece feito sob medida para mim. Esses judeus tinham tanto dinheiro que podiam comprar as melhores peles do mundo! Nunca pude comprar um casaco desses.

Anna ficou chocada, mas queria saber o final da história.

– E depois, o que você fez?
– Fui para casa e levei um pedaço de pão para ela. Enquanto devorava o pão como se fosse um bicho faminto, a SS chegou – Sonja contou sem nenhuma emoção.

Anna empalideceu com a história. Sabia que a amiga era capaz de quase tudo para se dar bem na vida e que adorava luxo, mas jamais poderia acreditar que fosse tão fria e materialista a ponto de entregar uma jovem judia para seus carrascos por causa de um casaco de pele! No entanto, não tinha coragem de criticar a amiga, de dar uma lição de moral nela.

Nessa guerra, mesmo as melhores amigas poderiam virar traidoras.

Dentro do armário, Chaim tremia ao ouvir o relato e sentiu vontade de vomitar.

– Anna, imagine se eu ia arriscar a vida por causa de uma judia! – falou Sonja, dando um rodopio para mostrar o casaco. Sorriu de alegria. – Não é lindo? E ainda ganhei uma recompensa por entregar a judia: um quilo de manteiga e um de toucinho.

Anna não conseguia mais falar. Estava chocada.

Seu silêncio deixou Chaim assustado dentro do armário. Ele não sabia qual era a reação dela, se concordava ou se estava revoltada com a atitude da outra.

– Aposto que no meu lugar você faria a mesma coisa, Anna.

– Não quero nem pensar no que eu faria se encontrasse um judeu no meu porão – respondeu Anna.

– É lindo, não é? Esses judeus viviam no luxo enquanto nos exploravam.

Anna não deixou a amiga perceber seu medo. Precisava de uma dose extra de vodca. Encheu os copos e beberam. Anna, para relaxar; Sonja, para comemorar.

.21.

Cracóvia, 2004

Basia saiu do banheiro com uma toalha molhada e a entregou a David para limpar o sangue no rosto. Ele sentiu a boca e os dentes doerem. Por pouco, não quebrou o nariz. "Ela tem os braços fortes", pensou. Sentado na poltrona da sala, estancando o sangue, recuperava-se sem falar nada.

– Desculpe, perdi a cabeça – disse Basia.

– Também me excedi. Peço desculpas.

Basia foi até a cozinha preparar mais chá. Sempre andava devagar, parecendo cansada. Colocou água na chaleira e esperou a fervura. Sentado na sala, David repassava o que tinha acontecido nas últimas horas. Parecia um filme. As histórias da guerra eram tão dramáticas que nem pareciam reais. Jamais imaginaria que essa viagem para a Polônia lhe trouxesse tamanha surpresa. Ele observava os traços de Basia e não tinha dúvidas: era mesmo filha do seu pai. Os mesmos olhos, o mesmo cabelo loiro.

"Meu pai nunca falou da gravidez de Anna, nunca tocou nesse assunto. Descobrir depois de cinquenta anos que tenho uma meia-irmã polonesa é difícil", ele pensava. "Um relacionamento como esse só poderia ter acontecido por causa da guerra. Uma mulher de trinta anos e um garoto de quinze!" Ele se lembrou do que seus filhos falaram no Brasil, quando lhes comunicou a decisão de viajar: "Não mexa no passado".

Um passado enterrado há tanto tempo que nem seu pai conhecia. Melhor seria ter deixado para trás, seus filhos tinham razão. David confiava no pai, tinha certeza de que ele não sabia dessa história.

"O que meu pai pensaria se descobrisse que tinha uma filha na Polônia? Ele perdeu todos os parentes durante o Holocausto e, no fim, tinha uma filha!" David percebeu que a boca tinha parado de sangrar, a toalha velha estava vermelha de sangue. "Será que esta toalha era a mesma que meu pai usava?", pensou ele. Tudo naquele apartamento lembrava os anos da guerra. "Não mudaram de propósito ou a vida durante o comunismo foi tão dura que Anna e Basia não tiveram dinheiro para trocar nada?"

Basia voltou para a sala com o chá. Ele percebeu que, como seu pai, além de tomar chá no copo, ela usava mel para adoçar. Não havia reparado nisso da primeira vez. "Os hábitos são hereditários, e não fruto da observação", concluiu. Ela lhe entregou um copo. David tomou um gole e sentiu o lábio machucado arder com o chá quente. Ao observar os gestos de Basia, começou a aceitar a possibilidade de que ela realmente fosse sua meia-irmã.

Basia se sentou no sofá. Acendeu outro cigarro, aspirou a fumaça profundamente antes de começar a falar. Depois, tomou um gole do chá e começou a contar sua versão da história de maneira calma e tranquila. Pelo tom da voz, David percebeu muita mágoa, mas não ódio.

– Ele era meu pai, mas foi um covarde, um ingrato. Minha mãe o escondeu, dividiu com ele a pouca comida que tinha, arriscou a própria vida para salvá-lo e, quando ele se recuperou, fugiu, deixando-a grávida. Não teve coragem de assumir o filho – disse Basia, com lágrimas nos olhos.

David a ouviu em silêncio, surpreso por ver que uma mulher tão forte e dura pudesse chorar ao falar do passado.

– Imagine o perigo que minha mãe correu ao criar um bebê durante a guerra, sem poder dizer quem era o pai. Uma polonesa grávida de um judeu! Se descobrissem, seria morte certa. Ela foi uma grande mulher. Teve que fazer tudo sozinha, arriscou a vida por ele e depois por mim. Enquanto ele fugiu e a abandonou à própria sorte!

David se surpreendeu colocando o braço no ombro dela para tentar confortá-la. Basia chorava baixinho. David tinha a sua versão. Duas versões de um mesmo fato, visto por ângulos totalmente diferentes. Isso o fez se lembrar das palavras de um rabino: "Tudo na vida é uma rua de duas mãos. Há sempre os dois lados da história".

– Basia, não quero dizer que isso não possa ser verdade, mas não foi isso o que ouvi. Meu pai me contou o que se passou aqui e repetiu durante sessenta anos para todos que o perguntavam como ele sobreviveu ao Holocausto. Havia prometido ao pai sobreviver e contar ao mundo o que aconteceu com os judeus durante o nazismo, e cumpriu sua promessa. Ele se considerava, de certa maneira, alguém que venceu Hitler. Não contava com orgulho, mas ficava orgulhoso em contar, pois era um sobrevivente, uma testemunha ocular da *Shoah*.

Basia acendeu outro cigarro e serviu mais chá para David, que continuava contando sua versão da história.

– Meu pai contou que sua mãe estava carente, sozinha desde a morte do marido, e ele se tornou um... como dizer sem ofendê-la? – ele a observou antes de completar a frase – Um garoto para sexo. Ela o usou enquanto tinha interesse, depois ia descartá-lo, entregá-lo aos nazistas. Era questão de tempo e oportunidade, como os poloneses fizeram durante a guerra. Ela tinha uma amiga que fazia isso, entregava os judeus.

Basia tentava não se ofender com as palavras duras que ouvia. Não contestou, apenas fez outro relato.

– A Sonja, eu a conheci. Não tinha escrúpulos, queria mais que sobreviver, queria se dar bem. E acabou se dando bem mesmo: terminou a guerra com muito dinheiro e casou com um soldado americano. Foram morar na América, mas sempre vinha visitar minha mãe.

Fez uma pausa e deu uma tragada profunda.

– Minha mãe era diferente. Você não pode imaginar o que ela sofreu. Não podia dizer para ninguém quem era o meu pai, nem mesmo quando a guerra acabou. Os russos libertaram a Polônia dos alemães, mas então ficamos prisioneiros deles. E os comunistas também perseguiram os judeus. Então nem depois da guerra ela podia dizer quem era meu pai. E ele, salvo pela minha mãe, fugiu, em vez de ajudá-la.

– Meu pai contou que uma amiga da sua mãe, provavelmente essa Sonja, entregou uma judia por causa de um casaco de pele. Ele ouviu a história escondido no armário. Naquele armário – David apontou para dentro do quarto. – Provavelmente, esse mesmo. A amiga dela veio aqui e contou que tinha denunciado uma judia. Como sua mãe já estava com muito medo de escondê-lo aqui, e essa amiga veio contar que tinha entregado uma judia, ela mudou de atitude. A partir de então, ela mudou a relação com meu pai, e ele percebeu que tinha de fugir. Seus dias estavam contados. Assim eram os polacos.

– Você não pode fazer isso. Está cometendo o mesmo erro que os nazistas ao generalizar! Muitos poloneses salvaram a vida de judeus, e minha mãe foi uma dessas pessoas.

– Eu estou generalizando? Foi você quem disse que os judeus exploravam os poloneses, que eram covardes! Sua mãe pensava assim também. Ela só via meu pai como uma mercadoria de troca. Primeiro por sexo, depois para ganhar um pouco de comida!

Basia se aproximou de David e o agarrou pelos braços, com os olhos marejados.

– Mamãe estava apaixonada, esperava uma filha dele. Você não consegue entender isso? – disse ela, chorando.

David olhou fundo nos olhos dela. Estava confuso e emocionado. Ela tinha lindos olhos azuis, que eram realçados pelas lágrimas, e, apesar das marcas de uma vida sofrida, seus traços mostravam que tinha sido uma bela mulher. Ele imaginava se Anna era tão bonita assim.

– Basia, como ele podia saber que sua mãe estava grávida? Até antes da guerra, meu pai era um garoto que vivia cercado de cuidados e protegido pelos pais. De repente, perdeu tudo, chegaram os nazistas, destruíram o mundo dele, mataram todos, e ele foi jogado na rua, perseguido, caçado como um animal! Mas continuava sendo uma criança. Como podia saber o que estava acontecendo com a sua mãe? Como ele ia saber que ela estava grávida?

David não tinha mais dúvidas de que ela era sua irmã. A história do seu pai na Polônia não tinha o final que ele conhecia, mas tentava justificar a atitude dele. Para ele, o pai não sabia que Anna estava grávida quando fugiu.

Basia também percebeu que a história tinha dois lados, e ficou na dúvida, não sabia mais qual era a verdade.

– Ele podia ser um garoto e não saber que ela estava grávida, David, mas não percebia que minha mãe gostava dele? Ela dividia com ele a comida, arriscava a vida por ele, dormia com ele. Por que iria denunciá-lo?

David não tinha resposta para essa pergunta.

Basia respirou fundo, emocionada.

– David, ele era a única coisa que ela tinha na vida. O marido que ela amava morreu em combate. Os pais viviam longe, se é que ainda estavam vivos. A única pessoa que ela tinha e de quem gostava, meu pai, seu pai, fugiu sem falar nada, sem deixar nem ao menos um bilhete.

.22.

Cracóvia, 1942

Uma das mais emocionantes histórias de poloneses que salvaram judeus é a da enfermeira Irena Sandler. Quando os alemães construíram o Gueto de Varsóvia, ela decidiu que tinha de fazer alguma coisa para salvar pelo menos as crianças judias do extermínio. Como enfermeira, podia entrar e sair do gueto, e achou que assim conseguiria contrabandear as crianças para o lado de fora. Com muita paciência e perseverança, começou a ganhar a confiança das mães das crianças judias e a convencê-las a entregar os filhos, para que pudessem sobreviver do lado ariano. Algumas mães relutaram em entregar os filhos para uma polonesa católica desconhecida, mas sua perseverança foi gerando frutos.

Ela levava as crianças escondidas para fora dos muros e as entregava a famílias conhecidas ou igrejas e conventos de sua confiança. Para não perder o controle, anotava o nome dos pais e dos filhos e o local onde cada criança tinha sido escondida. Irena guardava esse registro num jarro enterrado no jardim de sua casa. Por isso, sua história ficou conhecida como "A vida num jarro". Irena também fazia parte da resistência polonesa e acabou sendo presa e torturada pelos nazistas, que exigiam que ela confessasse onde estavam as crianças. Mas Irena resistiu à tortura da Gestapo durante meses e nada falou. Conseguiu sobreviver aos seus carrascos.

Depois da guerra, desenterrou o jarro e foi atrás de cada criança para contar a verdade: que eram judeus, quem eram seus pais e quais eram seus verdadeiros nomes. Milagrosamente, Irena salvou duas mil e quinhentas crianças do genocídio. Em 1965, ela foi uma das primeiras pessoas a ganhar o título de "Justo entre as nações", outorgado pelo Memorial do Holocausto de Israel, o Yad Vashem. Mas, nessa época, os líderes do partido comunista polonês eram antissemitas e não permitiram que ela viajasse a Israel para receber as homenagens, que só veio a receber em 1983.

Numa entrevista à imprensa em 2005, Irena Sandler disse: "Nós, que salvamos crianças, não somos heróis. Esse termo muito me desagrada. Além disso, até hoje eu tenho problemas na consciência por não ter conseguido salvar mais crianças, eu poderia ter feito mais, esse arrependimento vai me acompanhar até o fim da minha vida". As duas mil e quinhentas crianças salvas por Irena Sandler não pensam assim. Sabem que ela foi uma heroína.

#

Enquanto a Alemanha travava uma guerra sanguinária em várias frentes com a intenção de conquistar o mundo, Chaim travava sua guerra particular, tentando sobreviver e se manter mentalmente são. Ambas pareciam intermináveis. Como sempre, Anna saía todos os dias de manhã para trabalhar, e ele ficava sozinho no apartamento, praticamente imóvel. Se Chaim caminhasse e uma tábua do assoalho rangesse, se uma porta batesse ou se ele esbarrasse num objeto e este caísse, a senhora Novak teria ótimos motivos para chamar a Gestapo. Enquanto Anna não chegasse, qualquer descuido, por menor que fosse, poderia ser fatal.

As longas horas do dia passaram a ser mais uma tortura na vida do garoto. Os dias se arrastavam solitários, intermináveis, lentos, amorfos, destruindo seu moral. A lembrança dos pais e da irmã e a incerteza quanto ao destino deles martelava em sua cabeça. A perda do conforto do antigo lar volta e meia se fazia presente. À lembrança da comida gostosa que sua mãe fazia, somava-se a fome constante. Apesar de ter ganhado alguns quilos, a comida que Anna conseguia trazer não era suficiente para os dois, e, na idade dele, em fase de crescimento, ele não recebia as calorias de que necessitava. Estava pálido como um fantasma, nunca mais tinha visto a luz do dia nem saído de casa nem tomado um mínimo de sol. Lia e relia *Robinson Crusoé* incontáveis vezes, a ponto de decorar diversos trechos. Era sua única distração.

Chaim começou a pensar no pior, na eventual vitória da Alemanha e na possibilidade de passar o resto da vida preso nessa situação. Imaginava a Gestapo invadindo o prédio e o levando para as câmeras de gás. Pensava na senhora Novak abrindo a porta para a polícia com um sorriso maldito. Sonja trazendo um oficial nazista, decepcionada com sua amiga Anna.

Ou, o pior de tudo: ele imaginava a própria Anna abrindo a porta para a Gestapo. Por que não? Ela também devia estar cansada dessa situação. Sabia que corria risco de vida diariamente por esconder Chaim na sua casa. Desde que ele chegou, ela havia sido obrigada a mudar seus hábitos. Não saía mais, apesar dos convites de Sonja, dividia a parca refeição que conseguia com ele e precisava continuar vivendo como se morasse sozinha, tendo de conversar em voz baixa, evitar abrir as cortinas – a vida havia ficado difícil para ela também. "Por que ela precisaria aguentar isso?", Chaim pensou. "O que seria melhor para ela? Me entregar, ganhar uma boa recompensa e voltar à vida normal ou correr o risco permanente de sermos descobertos?"

Enquanto os dias se arrastavam modorrentos, o desânimo tomava conta de Chaim e os pensamentos ruins o perturbavam. Anna já havia se saciado sexualmente. Se isso fosse apenas uma aventura para esquecer as desgraças da Guerra, já era o suficiente. Quem sabe ela queira voltar a sair com a Sonja, frequentar as festas que descrevia para ele, beber champanhe francês, comer à vontade, ganhar vestidos maravilhosos? Sempre existia a possibilidade de conhecer um polonês rico que pudesse ajudá-la – por que não? Ele era um estranho para Anna, um judeuzinho que surgiu na vida dela, cumpriu um papel e pronto. Nada a prendia a ele. "E, afinal", Chaim pensava, "ela é polonesa e, como todos os poloneses, odeia os judeus".

Ele não conseguia confiar nela por completo e tinha quase certeza de que, um dia, ela se cansaria dele, e esse seria o fim de tudo.

Chaim se lembrava do quão apavorado ficou quando ela o descobriu: "Vou ser entregue", ele pensou. Depois relaxou, porque viu que ela de certa forma também precisava dele – ele dava a ela aquilo de que ela necessitava.

Mas o tempo foi passando, e Chaim achava que algo de estranho estava acontecendo. Anna não parecia a mesma mulher, não o tratava mais da mesma maneira. Ele dormia desconfiado, olhava para ela à procura de sinais que denunciassem uma mudança de postura. Não seria ele apenas um objeto nas mãos de Anna? Um brinquedo, um passatempo? "Sim, devo ser", ele pensava. E sua desconfiança só crescia.

Naquela noite, Anna chegou mais tarde. Por coincidência, encontrou a senhora Novak na porta do prédio, e subiram juntas as escadas. Anna, como sempre, carregava sua sacola de alimentos numa mão e a bolsa na outra. Era um fim de tarde muito frio, apesar de não estar nevando. A senhora Novak voltou ao assunto dos judeus.

– Senhora Kowalski, a senhora soube que continuam descobrindo judeus escondidos? Parece uma praga! Ontem, o padre Johanus teve que chamar a Gestapo, pois descobriu um judeuzinho e sua mãe no forro da igreja, como se fossem ratos. Eles não respeitam nem a sagrada igreja!

Anna não queria ouvir essas histórias, e nada respondeu nem comentou. Continuou a subir as escadas, rezando para que a senhora Novak não quisesse entrar em sua casa novamente. Ela não teria paciência para aguentar a vizinha bisbilhotando tudo outra vez. De repente, a senhora Novak fez um comentário inquisidor demais.

– A senhora chegou tarde hoje. Aconteceu alguma coisa, senhora Kowalski?

Anna percebeu que a senhora Novak acompanhava seus hábitos e até os horários em que ela chegava em casa. Continuava se intrometendo em sua vida, mas nada podia fazer, a não ser redobrar os cuidados para que Chaim não fosse descoberto.

– Tive que passar no hospital – Anna respondeu, arrependendo-se imediatamente de ter falado a verdade.

– Aconteceu alguma coisa? Espero que não esteja doente!

— Não, nada de mais. Obrigada por sua preocupação, senhora Novak.

— Se precisar de alguma coisa, é só me chamar, *senhora* Kowalski.

As duas chegaram ao terceiro andar e se despediram. Anna subiu mais um lance de escada, agradecendo a Deus pela vizinha não tê-la acompanhado até o apartamento.

Ao abrir a porta, não viu Chaim na sala, onde ele costumava ficar lendo enquanto ela trabalhava, e seu sangue gelou. Ficou tão abalada que deixou a sacola de compras cair no chão e imaginou o pior. "Será que os nazistas pegaram Chaim?" Ficou parada no meio da sala, tentando sentir alguma presença – quem sabe a Gestapo a esperava? Não, se fosse isso, estariam lá embaixo na porta do prédio. "Ele fugiu!", pensou, enquanto lágrimas brotavam de seus olhos.

Anna sentiu o chão desaparecer sob seus pés, as pernas amoleceram. Criou coragem e foi até o quarto, na esperança de que ele estivesse na cama, mas não o encontrou. O coração dela batia acelerado. Abriu a porta do pequeno armário e lá estava Chaim, quieto, encolhido no canto, coberto por um monte de roupas. Anna respirou aliviada e desabou na cama. Colocou a mão na barriga, como se sentisse uma pontada, e no peito, para ter certeza de que seu coração não tinha explodido. Chaim continuou no mesmo lugar, encolhido, assustado, com medo de sair.

— Você virou um bicho para ficar escondido? – Anna perguntou quando conseguiu se recuperar do susto.

Ele não respondeu.

Anna tirou o casaco e o pendurou atrás da porta. Depois, pegou Chaim pela mão para tirá-lo de dentro do armário. Ela tentava passar tranquilidade para o garoto, que estava visivelmente assustado. Mas não entendia o que tinha acontecido e ficou preocupada.

— Não precisa ficar com medo, aqui você está seguro – disse ela, abraçando-o e apertando a cabeça dele em seus seios.

Os dois se sentaram na beira da cama.

— Você demorou muito para chegar, e fiquei com medo – ele falou baixinho.

Anna olhou firmemente para ele, segurando seu rosto de maneira carinhosa.

– Eu não me senti bem durante o dia, tive enjoos, passei o dia enjoada. Então fui ao hospital, mas estava tão cheio de feridos que tive de esperar horas para ser atendida.

– Você está doente? Aconteceu alguma coisa? – perguntou, assustado. – O que o médico falou?

Anna deu um beijo nele e pensou um pouco antes de responder. Então, falou de maneira tranquila, tentando disfarçar.

– Nada, disse que não era nada – depois de alguns segundos, completou: – Acho que foi alguma coisa que comi.

– Como você não voltava e anoiteceu, fiquei preocupado e com medo.

Anna olhou para ele com desconfiança.

– Preocupado comigo ou com você?

Anna examinou a expressão assustada de Chaim, tentando descobrir o que se passava com ele.

– Você se preocupou comigo ou com você, Chaim? Achou que eu tinha ido denunciar você ou que alguma coisa tinha acontecido comigo?

Chaim se encolheu e não respondeu.

Anna se levantou e pegou um cigarro no bolso do casaco. Acendeu e se deitou na cama, cansada. Chaim continuou sentado na beirada sem abrir a boca.

Ela esticou as pernas na direção dele.

– Vem, meu amor, tire minhas botas e faça uma massagem nos meus pés. Quem sabe o enjoo passa.

Deixando-a descalça, Chaim começou a acariciar seus pés. Primeiro, fez movimentos lentos, que pouco a pouco fizeram melhorar o clima tenso. Foi subindo pela perna, deslizando a mão com movimentos sinuosos. Anna fechou os olhos, sentindo as mãos ágeis de Chaim aumentarem o seu desejo. As mãos dele continuaram tateando suas pernas, caminhando até as coxas. Ela levantou a saia e começou a se esfregar na cama, sentindo o calor que tomava conta do seu corpo. Os movimentos de Chaim tinham a cadência certa e a pressão ideal. Anna se contorcia de prazer. Queria gemer, gritar, mas sabia que não podia. Suas cenas de amor eram sempre de cinema mudo.

— Suas mãos estão cada vez mais ágeis e habilidosas, Chaim. Cada dia você fica melhor – disse ela, entre gemidos.

Chaim também gostava do que fazia. Sentia o prazer crescer cada vez mais, e não queria parar. Queria ir até o fim. Excitados, os dois corpos se movimentavam cadenciadamente, sem fazer barulho, tomando cuidando para que a cama não fizesse nenhum ruído. E chegaram ao ápice no mais absoluto silêncio. Quando terminaram, Chaim deitou-se ao lado dela, procurando seu calor, como um menino carente. Anna respirou para tomar fôlego e acendeu outro cigarro. Depois de alguns minutos, quebrou o silêncio.

— Bom aluno, bom aluno, aprendeu muito bem. Agora me faça gozar que depois eu te dou comida. Um polonês não faria melhor – sussurra nos seus ouvidos. – Eu não sabia que os judeus eram bons nisso. Você ouviu o que Sonja falou naquela noite, não ouviu? Sobre a menina judia e o casaco. Até que você serve para alguma coisa além de sexo – Anna falou com um sorriso que Chaim não sabia identificar se era sério ou uma piada de mau gosto.

Ele sentiu um arrepio de terror percorrer seu corpo. Anna se virou e se deitou em cima dele.

— Você acha que eu teria coragem de entregá-lo, meu querido judeuzinho?

Chaim a olhou com medo e cheio de dúvidas. Ela começou a rir da expressão dele.

— Você precisa ver a sua cara assustada. Parece até o dia em que encontrei você no porão.

Ele a abraçou com força, como se não quisesse perdê-la. Ela sentiu enjoo de novo, desvencilhou-se dele rapidamente e correu para vomitar no banheiro.

.23.

    Era manhã, e Anna já tinha saído para trabalhar. Chaim, sentado na sala, pensava em sua situação, em tudo o que tinha acontecido nos últimos meses. Já fazia um bom tempo que estava escondido no apartamento de Anna. Às vezes, sentia que ela o protegia, outras vezes, que era apenas uma diversão nas mãos dela e que a qualquer momento isso poderia acabar. Ou ela iria denunciá-lo ou alguém o descobriria no apartamento. E então os dois seriam mortos. Pensou no que Sonja contou sobre a judia no porão, na vizinha Novak que vivia bisbilhotando a casa, nas três meninas capturadas no apartamento do prédio da frente, nas noites em que Anna o tratava como um objeto, no ódio dos poloneses pelos judeus, e achou que era hora de fugir.
    Já tinha recuperado as forças, já estava havia muito tempo escondido no mesmo lugar, e seu instinto de sobrevivência lhe dizia que era hora de partir. Melhor arriscar uma fuga do que ficar trancado naquele apartamento aonde a Gestapo poderia chegar a qualquer momento. Aquilo era uma provação, uma tortura diária. E se a guerra ainda demorasse anos para terminar? Quantos anos mais teria de ficar nessa situação? Tinha de tentar chegar a um país que não fosse dominado pelos alemães e refazer a vida. Tinha a promessa do pai a cumprir.
    Aquela noite se parecia com todas as outras. Anna chegou, eles jantaram, fizeram amor. Os enjoos dela continuavam. "Chega", ele pensou. "Não vou esperar ser traído." Depois do sexo, Chaim fez com que Anna

bebesse mais vodca do que de costume, fingindo beber também. Ela quase esvaziou uma garrafa e ficou completamente alcoolizada. Depois de um tempo, dormiu profundamente. Sabia que ela não iria acordar nem ouvir nada.

Apagou as luzes do apartamento e esperou a madrugada chegar. No meio da noite, se levantou no escuro, vestiu um casaco bem quente, que era de Marek, e escolheu o sapato mais resistente que encontrou. Forrou o interior para ajustá-lo ao pé, vários números menor. Curiosamente, percebeu que era a primeira vez que calçava sapatos desde que tinha chegado ali. Entrou na cozinha, pegou meio quilo de pão que estava sobre a mesa e um pedaço de salame, embrulhou num pedaço de papel e guardou dentro do casaco.

Olhou pela porta do quarto para Anna pela última vez. Ela dormia profundamente. Através das cobertas, podia perceber seu corpo perfeito, quente. "Ela é linda", pensou. "A mulher mais bonita que conheci." Não resistiu, aproximou-se dela e deu em seus lábios carnudos um último beijo de despedida. Sentiu um misto de amor e ódio. Ficou com os olhos cheios de lágrimas ao pensar que aquela era a última vez que via Anna, a última vez que a beijava. Ia sentir esse gosto nos lábios pelo resto da vida.

Mas Chaim, que havia aprendido a aguçar os sentidos, percebia que ela andava estranha, diferente do que sempre foi. Havia noites em que ela o evitava, outras noites o desejava com muito ímpeto. Essas mudanças de humor deixavam Chaim preocupado e desconfiado. Chegou a relutar em fugir, mas a decisão estava tomada e era o melhor a fazer. Não deixou nenhum bilhete, com medo de comprometê-la.

Abriu a porta do apartamento em silêncio e colocou os pés do lado de fora, deu-se conta de que havia meses vivia trancado. Era a primeira vez em muito tempo que sentia o ar e os cheiros da rua. Respirou fundo como se quisesse respirar a liberdade. Sentia odores estranhos de tabaco misturados ao frescor da madrugada. Parecia um prisioneiro saindo do presídio depois de anos de confinamento. Como um gato, desceu as escadas em direção à rua. O vento gelado da calçada refrescou seus pensamentos e lhe deu coragem para seguir. Esgueirando-se pelas paredes e portas dos prédios, grudado como uma lagartixa, Chaim fugiu. Andou pelas ruas nas sombras, conquistou cada metro de sua liberdade.

Foi para a Ulica Lubicz, a rua onde morava antes da guerra. As recordações do local o fizeram chorar de saudades. Pensou nos pais e na irmã. Sentiu os cheiros do passado na memória olfativa. O ar que respirava trouxe as lembranças do tempo em que os judeus viviam livres e não haviam sido mortos pelos alemães. Podia ir à escola e vivia confortavelmente. Dois anos atrás, era o menino mais feliz do mundo. Hoje, apenas um homem que fugia da morte. Tinha voltado a esse local não por essas lembranças, mas para resgatar o tesouro que seu pai dizia ser o mais valioso. Foi até o local onde tinha enterrado, conforme as instruções de Mendel, a máquina de costura. "Será que também foi roubada?", pensava Chaim. Logo que começou a cavar e enfiou a mão na terra dura, sentiu o pacote nos dedos. Chorou de alegria ao descobrir que ainda estava lá. Não a tinham roubado. Para sua felicidade, a máquina continuava ali. Desenterrou o tesouro. Seu pai tinha falado que, com essa máquina, ele poderia ganhar a vida. Agora, entendia o que o pai quis dizer naquela noite distante.

Chaim colocou a máquina nas costas e desapareceu na neblina da noite de Cracóvia.

.24.

Antes e durante a Segunda Guerra, algumas pessoas faziam travessias humanamente impossíveis para escapar do nazismo. Em grupos, sozinhos, com crianças de colo, andavam centenas de quilômetros, cruzavam os Alpes nevados, rios gelados, em busca de liberdade. Algumas organizações clandestinas ajudavam esses refugiados com transporte, documentos falsos e alimentos. Outros faziam a empreitada confiando na própria sorte e no senso de orientação. Houve casos também de pessoas que pagaram para contrabandistas levarem-nas a um país neutro ou livre e acabaram entregues aos nazistas.

Milhares de judeus fizeram isso para escapar do Holocausto. Muitos foram auxiliados por organizações judaicas clandestinas que atuavam na Europa e levavam esses refugiados para o futuro lar judeu, Israel. Cruzavam o Mediterrâneo em barcos improvisados e, além de fugir dos alemães, tinham de escapar do exército inglês, que mantinha cotas limitadíssimas para judeus que queriam ir para o futuro Estado de Israel. Outros, quando chegavam aos países não ocupados pelos nazistas, procuravam comitês judaicos especialmente organizados com a finalidade de dar apoio, suporte, documentos, dinheiro, ajudar a conseguir vistos e transporte para que chegassem aos países da América, longe do conflito. Uma imensa operação de resgate montada para salvar judeus dos fornos crematórios.

Parece inacreditável, mas com a máquina de costura nas costas, Chaim atravessou a pé a Tchecoslováquia, a Hungria, a Iugoslávia e a Itália, até chegar à França. No caminho, caçava pequenos animais, comia raízes, roubava ovos ou qualquer alimento que conseguisse nas fazendas que cruzava, mas não fez contato com nenhuma pessoa durante a fuga. Não confiava em ninguém.

Finalmente chegou ao seu destino, o sul da França, que sabia não ser ocupado pelos nazistas. Lá, entrou em contato com uma organização de auxílio aos judeus refugiados e que trabalhava para tirar os judeus da Europa e levá-los para algum lugar mais seguro. Chaim queria ir para Israel, se alistar no exército e lutar, mas a marinha britânica estava extremamente atuante naquela época, e acharam mais seguro mandá-lo com um grupo de refugiados para a América do Sul.

Ele ganhou um documento provisório, um visto de entrada para a Bolívia e uma passagem de navio, que ia zarpar de Marselha para Buenos Aires, com escalas no Rio de Janeiro e em Santos. Em Buenos Aires, ele pegaria um trem para a Bolívia. Chaim nunca tinha ouvido falar desses lugares, não sabia onde ficavam. Sabia apenas o que era "a América" de que todo mundo falava com os olhos brilhando, como se fosse o paraíso. Como a Bolívia era longe da Europa, ele adorou a ideia. Ia para a Bolívia.

O navio levou quase um mês para cruzar o Atlântico, ele viajou na terceira classe e não largava a máquina de costura nem para dormir. A primeira parada foi no Rio de Janeiro, mas como ele não se sentia bem, não desceu. Alguns dias depois, o navio aportou em Santos. Ele foi informado que esse não era o seu destino, ainda iriam para Buenos Aires, mas quem quisesse poderia descer por algumas horas. Ele desceu do navio, carregando a máquina de costura, e achou a cidade deslumbrante, maravilhosamente iluminada. Era quente, colorida e falavam uma língua estranha. A primeira coisa que chamou sua atenção foi que as pessoas não se preocupavam se ele era ou não judeu. Todos eram atenciosos, simpáticos, puxavam conversa, apesar de não falarem a mesma língua.

Chaim nunca tinha visto um céu tão azul, uma vegetação tão verde, frutas tão doces e mulheres tão morenas. Agora entendia quando em Marselha falavam com os olhos brilhando que a América era o Eldorado. Achou que tinha morrido e estava no paraíso, mas tinha prometido ao pai que não morreria antes de contar sua história, e ia cumprir a promessa.

Como estava com a máquina de costura nas costas e o documento no bolso, e suas posses no navio se resumiam ao casaco velho e todo rasgado de Marek, inútil naquele calor, decidiu que não voltaria para o navio, não iria para a Bolívia. Ficaria em Santos, nesse país estranho chamado Brasil.

.25.

Cracóvia, 2004

Basia ouviu David contar a história da fuga de Chaim e não duvidou de que ele tivesse feito esse caminho todo a pé. Já tinha ouvido histórias semelhantes de fugas espetaculares durante o comunismo. A vontade de viver e de buscar a liberdade fazia milagres.

— Minha mãe nunca o perdoou por fugir. Ela falava dele com muita raiva, mas ao mesmo tempo com muito amor.

— Por que ela não abortou? Muita gente fez isso durante a guerra — David falou sem pensar.

— Você realmente não entendeu nada! Ela queria dar continuidade àquele amor. Minha mãe achava que ele seria capturado e morto sem a proteção dela — respondeu Basia, emocionada —, e precisava manter aquele amor vivo. Algo que sobrevivesse. Um filho. Seria a prova daquele amor. Ele foi o último homem da vida dela. Apesar de não ter tido coragem para ficar ao lado dela.

David se levantou e andou pela pequena sala. Tinha dificuldade em aceitar os sentimentos de Anna pelo pai. Para ele, Anna tinha sido uma aproveitadora. Era isso o que seu pai achava e era isso o que sempre tinha dito. E ele enxergava a história dessa forma.

— Basia, você insiste nessa sua versão dos fatos. Não é possível que eu tenha viajado quinze mil quilômetros para ouvir isso! Meu pai escapou porque era um lutador. O resto da família foi trucidado pelos nazistas, com a ajuda dos poloneses, e ele foi o único Kramer que sobreviveu. E sabe por quê? Porque ele estava sempre um passo adiante da morte!

Basia se irritou com esse comentário e com a incapacidade dele de acreditar no amor da sua mãe.

– Abra os olhos e o coração, David. Nem todos os poloneses foram ruins! Minha mãe era uma polonesa boa. Ela salvou a vida do seu pai, *do meu pai* – ela enfatizou –, e teria salvado outras pessoas, se tivessem procurado ajuda.

– Como aquela amiga Sonja, que matou por um casaco de pele? Ou como os vizinhos do andar debaixo, que caçavam judeus como um gato caça passarinhos?

– Você não sabe o que foi aquela guerra, David. Todos lutavam para se salvar. Era fome, frio, fuzilamentos! Oswiecim, ou Auschwitz, como falam os alemães, começou para prisioneiros poloneses, resistentes, comunistas, padres, professores, só depois vieram os judeus.

Basia se levantou, foi até uma das paredes e bateu nela com os dedos para mostrar como era fina.

– Você acha que era fácil esconder um judeu? Olhe para este apartamento, para o tamanho dele, para a espessura das paredes! Você acha que era fácil manter uma pessoa escondida aqui dentro? Tratava-se de uma operação de alto risco para todos os envolvidos. É claro que muitos não ajudaram e, pior, entregaram os judeus, mas nem todos agiram assim. Algumas pessoas arriscaram a própria vida, a vida da família inteira para salvar um judeu. Outras não ajudaram porque tinham medo de ser capturadas, mas não odiavam os judeus, apenas não tiveram coragem!

David voltou a andar pela sala. Quanto mais nervoso ficava, mais precisava andar para relaxar e conseguir achar as palavras certas em polonês.

Olhou pela janela. Por um instante, teve a impressão de ver a cena em que seu pai descrevia as meninas judias caçadas no prédio da frente e a criança assassinada na calçada.

– Foi ali que mataram a menina, não foi?

Basia concordou com um gesto de cabeça. Depois, fez sinal para ele se acalmar e serviu uma dose de vodca, mas David não aceitou. Esses minutos de pausa acalmaram os ânimos.

— David, eu vivi cinquenta anos de comunismo, sei o que foi isso. A gente não podia falar nada, não sabia quem era amigo ou inimigo. A delação era constante, por interesse, por dinheiro, por comida, por uma posição melhor no trabalho... Vivíamos um estado de terror. Éramos vigiados em todos os lugares, anotavam a hora que a gente entrava e saía, quando íamos visitar um parente, ou à biblioteca, à igreja, ao cinema. Eu vivi o terror e sei como é.

David se sentia cansado. Estava na Polônia havia dois dias e, com o fuso horário de cinco horas a mais, já era madrugada para ele. A cabeça doía, o corpo pedia descanso, já não sabia se falava polonês ou português, nem mesmo sabia para que discutir esse assunto. "O melhor a fazer é ir embora e voltar ao Brasil. Esquecer tudo, como meus filhos disseram."

David apontou o dedo para Basia.

— Meu pai se salvou, pois, como diziam vocês, poloneses, "ele não parecia judeu"!

Basia devolveu a acusação.

— Você está enganado, o judeu polonês Chaim sobreviveu porque a polonesa católica Anna o salvou! Você carrega o preconceito e a intolerância no coração! Sessenta anos depois, você continua odiando os poloneses. Não pode aceitar que nós mudamos.

— Eu carrego o preconceito, Basia? Vocês, poloneses, odeiam os judeus há quase mil anos, desde que eles chegaram à Polônia.

Basia acendeu um cigarro.

— Sim, os poloneses odiavam os judeus, alguns ainda odeiam, mas isso está mudando.

— Porque não existem mais judeus na Polônia, Basia.

— Não é verdade, David, as novas gerações estão mudando.

— Sinto muito, Basia, mas não foi isso o que aconteceu no Holocausto.

Cansado e com a cabeça latejando, David não aguentava mais discutir. Foi até a porta, a abriu e saiu.

Basia começou a chorar.

— Muitos poloneses odiavam os judeus, mas minha mãe amava um judeu — ela respondeu, mas ele já descia as escadas e não ouviu.

David saiu do prédio e aspirou profundamente o ar fresco da noite. O vento gelado entrou em seus pulmões, dando-lhe novas forças. Respirou fundo muitas vezes, como se saísse de uma ressaca. As ruas estavam completamente vazias. Começou a caminhar para um lugar mais movimentado, com a esperança de achar um táxi. Não tinha um mapa da cidade no bolso, não sabia que direção tomar para ir ao hotel e não encontrou ninguém nas ruas a quem pedir informação. "Melhor assim, posso refletir e colocar minha cabeça no lugar." Depois de meia hora andando, o frio começou a aumentar. Imaginou que devia fazer uns 10 ºC. Enfiou as mãos nos bolsos e andou com os ombros encolhidos. Estava prestes a reclamar do frio, mas se lembrou do pai e ficou com vergonha. "Meu pai passou o inverno inteiro sem agasalhos e sem comida, e eu vou me queixar de uma noite de primavera?"

David enxergou no fim da rua um luminoso da cerveja Tyska. Era um bar que ficava aberto até mais tarde. Olhou para dentro, estava cheio; pensou em entrar e pedir um táxi. Percebeu então que estava com fome, não tinha comido nada desde a hora do almoço. Ficou surpreso com a decoração do bar. Arquitetura contemporânea, bem moderno. Imaginava que todos os bares na Polônia fossem escuros e pesados como o do seu hotel. Tocava rock inglês e atual. Observou o público e só viu gente jovem, com roupas elegantes. As mulheres de minissaia, os homens estilosos. Uma Polônia que ele não tinha visto até então. Parecia estar em São Paulo ou em Nova Iorque. A única coisa diferente de um bar de uma cidade americana ou brasileira era o fato de as pessoas fumarem dentro dele. Uma névoa azulada cobria o interior.

Ele achou uma mesa vazia e sentou-se. Uma garçonete bonita e sorridente se aproximou com o cardápio. David pediu um refrigerante e um sanduíche de queijo. O pedido chegou, ele comeu e bebeu enquanto observava um ambiente que jamais imaginaria existir na Polônia. Achava que ali só tinha lugares pesados, pessoas malvestidas e ignorantes. Descobriu que havia se enganado.

Uma jovem de vinte e poucos anos encostada ao balcão do bar olhava para ele sem que ele percebesse. Seu pensamento estava muito distante, nos anos da guerra. Ela decidiu abordá-lo, se aproximou da mesa e apontou para uma cadeira vazia.

– *Hi, can I sit?* – disse ela, com uma pronúncia perfeita da língua inglesa.

David se surpreendeu com a beleza da jovem, o inglês perfeito, e apontou a cadeira.

– *Yes, of course.*

A jovem se sentou e deu um sorriso que David achou muito bonito. Ela tinha um olhar inteligente e bem vivo que o cativou, um olhar de quem observava e aprendia tudo rapidamente. Ela esticou a mão para se apresentar. "É bem ousada, o que será que ela quer comigo?", pensava ele.

– *My name is Rebecca.*

– Desculpe-me! Meu nome é David – ele respondeu, em polonês, envergonhado por ter sido frio com a garota, e estendeu a mão.

– Você fala polonês! – exclamou a garota, sorrindo.

– Meu pai era polonês – a expressão de David já transmitia uma simpatia maior.

Rebecca encostou os cotovelos na mesa para se aproximar de David, olhou diretamente para os olhos dele e perguntou, com um sorriso:

– Desculpe a pergunta, mas você é judeu, não é?

Ele começou a rir, e a garota não entendeu por que isso era tão engraçado.

– Como você sabe? Os poloneses acham que eu não pareço judeu. Você é a primeira polonesa que me fala isso desde que cheguei.

– Porque eu também sou judia – ela sorri. – E, como dizem, um judeu sempre reconhece outro judeu, mesmo na Polônia.

David abriu bem os olhos, espantado.

– E o que uma jovem judia bonita como você faz na Polônia?

– Eu nasci aqui. Minha mãe se casou com um cristão, mas fui educada como judia.

– Mazeltov! Esta viagem é cheia de surpresas! Primeiro a Basia, e agora você, uma jovem judia em Cracóvia – David a olhou com espanto e sorriu.

– Quem é Basia? – perguntou Rebecca, curiosa.

David balançou a mão de uma maneira tipicamente judaica.

– É uma longa história, prefiro falar de você – respondeu ele, pedindo duas vodcas à garçonete, pois percebeu que a conversa iria longe.

A garçonete trouxe as duas doses de Zubrowka, uma vodca da região, em cuja garrafa colocavam uma erva, a mesma erva da qual se alimentavam os extintos búfalos da raça *zubrowka*. Rebecca contou a história da sua família.

– Meu avô passou por Plasow, Auschwitz, Mathausen, vários campos de trabalhos forçados, e felizmente terminou a guerra vivo. Minha avó, infelizmente, morreu em Auschwitz. Foi mandada para a câmara de gás logo que chegou.

– E sua mãe?

– Minha mãe era um bebê durante a guerra. Os pais dela, esses meus avós de que acabei de falar, tinham uma governanta polonesa católica, e, quando foram transportados para os campos, essa empregada levou minha mãe para morar com a família dela – Rebecca tomou um gole da vodca para continuar o relato. – Ela ficou escondida com essa família durante toda a guerra.

David ouviu mais uma história extraordinária do Holocausto.

– Depois da guerra, meu avô procurou essa governanta e reencontrou a filha, que viria a ser minha mãe.

– E por que eles ficaram na Polônia quando a guerra terminou?

– Meu avô era de esquerda e acreditava em Stalin, achava que o comunismo seria muito bom. Depois do que ele sofreu com os nazistas, achava que os comunistas seriam diferentes!

– Muitos judeus pensavam assim, Rebecca. Stalin colocou vários judeus em cargos importantes no governo polonês. Mas, assim que se consolidou no poder, livrou-se de todos. E com a ajuda dos poloneses, claro!

– Duzentos mil judeus sobreviveram ao Holocausto, mas, até 1948, mais de cem mil já tinham deixado a Polônia. E meu avô ficou – completou ela.

David pensou se o avô de Rebecca era teimoso ou ingênuo.

– Em 1958 e 1959, depois da morte de Stalin, o regime abriu uma brecha, e mais cinquenta mil judeus fugiram – disse Rebecca.

– E seu avô mais uma vez ficou – David falou, batendo uma mão na outra.

– Exatamente. Você não quer pedir mais duas vodcas?

Ele fez sinal para a garçonete e pediu mais uma rodada.

– Quando aconteceu a Guerra dos Seis Dias, em 1967, o regime ficou ainda mais antissemita, e, curiosamente, para se livrar dos judeus, deixaram quem quisesse ir para Israel sair. Os comunistas preferiram se livrar deles todos de uma vez.

– Com certeza seu avô fez nova aposta errada – concluiu David, sorrindo.

Rebecca confirmou com a cabeça e deu um gole na vodca.

– E quando ele finalmente viu que tinha de ir embora, era tarde. Não dava mais para sair da Polônia – disse ela, fazendo um brinde e terminando a dose de vodca. – *Le chaim*!

– *Le chaim*! – repetiu David, batendo os copos e percebendo que a mistura de *jet lag*, cansaço e vodca começava a afetar seu raciocínio.

O bar continuava cheio, ninguém ia embora. Pelo contrário, chegavam mais pessoas. A música alta dificultava a conversa entre David e Rebecca, mas ele se esforçava para escutar, e estava muito interessado para se levantar e ir embora.

– Depois de 1989, com a queda do comunismo, a emigração foi liberada. Apesar de tudo, você vai ficar na Polônia? – perguntou ele.

Rebecca ficou pensativa por um tempo. Olhou para as pessoas no bar, cumprimentou um amigo de longe.

– Agora que acabou o comunismo, tudo mudou, não tenho por que ir embora. Gosto de Cracóvia, gosto da cidade, minha família vive aqui, tenho meus amigos.

– Amigos poloneses?

– Se você se refere a não judeus, sim, tenho amigos judeus e não judeus.

"Ela é bonita, inteligente, deveria fazer *aliah*",[24] pensou David.

---

[24] Literalmente "subida". Dito a quem emigra para Israel.

— Você sabia que em julho tem um festival de música *klezmer*[25] aqui em Cracóvia? — perguntou Rebecca.

— Não, não sabia.

— Milhares de pessoas vêm a Cracóvia assistir a esse festival de música iídiche — falou a jovem com um certo orgulho na voz.

— Isso é uma surpresa para mim — comentou ele. Em seguida, fez uma pergunta como se fosse um pai preocupado: — E você tem namorado?

— Claro que tenho!

David levantou o copo de vodca e propôs um brinde.

— Acho que não devo perguntar se ele é *goy* ou judeu. Você fez sua escolha, vou respeitá-la. *Mazeltov*!

— *Toda raba!* — ela agradeceu em hebraico.

— À futura *iídiche mamma*!

— *Le chaim!* — respondeu a jovem.

— Desculpe Rebecca, foi ótimo conhecer você, mas estou muito cansado. Preciso voltar para o hotel — David falou ao se levantar e deu um beijo no rosto dela.

Eles brindaram e sorriram como velhos conhecidos. Ele deixou o dinheiro para pagar a conta.

— David, ele também não parece judeu — ela gritou quando David já estava quase fora do bar.

— Quem? — perguntou David de longe.

— Meu namorado. — E Rebecca abriu um lindo sorriso.

Durante seu percurso de volta ao hotel, David também riu desse comentário.

---

[25] Música judaica com origens na idade média, executada com violino e flauta.

.26.

No dia seguinte, David acordou depois do meio-dia. Não sabia a que horas nem como chegou ao hotel. Tinha tomado meia garrafa de vodca e ficado completamente bêbado, mas a Zubrowka não lhe deu ressaca. Mas sentia muita sede. Acordou, abriu o frigobar e tomou duas garrafas de água. O gosto da água era ruim, um gosto de terra. Tinha perdido o café da manhã e já era hora de almoçar.

Desceu, atravessou a praça em frente ao hotel e entrou num restaurante muito charmoso, à sua direita, numa esquina, quase em frente ao cemitério. Um restaurante típico de Kazimierski, imitando um ambiente judaico. Chegou a pensar em pegar um táxi e ir para algum lugar moderno, como o bar da noite anterior, mas ainda queria visitar o cemitério e as sinagogas próximas do hotel, e achou melhor ficar por ali. Tinha planos para o começo da noite.

Depois de almoçar, visitou o cemitério de seiscentos anos com o terreno todo ondulado, as lápides muito antigas e a pequena sinagoga reconstruída ao lado. Do outro lado da praça, conheceu a sinagoga de tijolos vermelhos e o antigo mercado judaico. Prometeu a si mesmo que, no dia seguinte, acordaria cedo para ir a Auschwitz, a sessenta quilômetros da cidade. Por volta das cinco horas da tarde, retornou ao hotel, tomou um banho, trocou de roupa, pegou um envelope na mala e colocou no bolso. Depois pediu na recepção para chamarem um táxi e rumou para a casa de sua meia-irmã.

"Estranho chamá-la de meia-irmã", pensava ele, entrando no táxi.

Já estava escurecendo quando chegou. As escadas do prédio começavam a lhe parecer familiares. David se acostumava rapidamente aos cheiros e às luzes dos lugares por onde passava. Pensou em parar no andar abaixo de Basia para tentar conhecer algum descendente do casal Novak, mas viu que o nome na campainha era outro, os Novak não moravam mais ali. Chegou ao apartamento de Basia e bateu na porta.

Aguardou um instante, e ela abriu a porta. Não se surpreendeu ao vê-lo ali. Sabia que ele voltaria. Os dois apenas se olharam. Ela fez um sinal para David entrar, os dois estavam sem graça. Permaneceram quietos por alguns minutos, olhando um para o outro, sem saber como iniciar uma conversa. Um esperava que o outro falasse alguma coisa.

Basia foi até a cozinha preparar o tradicional chá. Enquanto isso, David a esperou na sala. Quando ela voltou, trazia, como sempre, o chá no copo.

– Meu pai sempre tomava chá no copo – disse David.

– É mesmo? Então não podemos chamar de coincidência, eu sempre gostei de tomar assim.

Ela o serviu, e eles beberam em silêncio. Na noite anterior, descobriram que a vida é uma rua de mão dupla, como dizia o rabino. Ambos podiam estar certos ou podiam estar errados.

– Eu e a mamãe sempre tivemos certeza de que meu pai estava vivo. Nunca achamos que tivesse sido capturado e morto. Ele tinha feito uma promessa para o pai dele de sobreviver e contar para o mundo o que foi o Holocausto, e nós tínhamos certeza de que ele ia cumpri-la.

– Papai era decidido e obstinado – comentou David.

– Mas nós tínhamos certeza de que um dia ele viria me procurar – Basia falou com tristeza.

– Por isso vocês nunca se mudaram daqui – afirmou David.

Basia confirmou com a cabeça.

David se ajeitou na poltrona, pigarreou.

– Basia, ele não voltou porque não sabia que tinha uma filha. Ele nunca falou disso, e ele contava para todo mundo o que aconteceu com a família dele e com ele aqui na Polônia. Até dava palestras para jovens. Acho que nunca passou pela cabeça dele que Anna pudesse estar grávida. Então, por que ele voltaria? Ele odiava a Polônia. Ele saiu daqui achando que seria denunciado.

Ao falar isso, ele se levantou e pegou a mão dela.

— Sem querer ofendê-la, mas você tem que entender o ponto de vista dele. Aqui, ele perdeu tudo: o pai, a mãe, a irmã, a infância, a juventude... Por que voltaria? – David respirou fundo. – Aqui só existia a morte para os judeus.

Basia apertou a mão dele com firmeza.

— Você veio, David! Por que você veio?

Ele a olhou, sem saber muito bem o que responder.

— Talvez porque aqui esteja uma parte da história da minha família que eu precisava conhecer.

— Ou foi o destino – disse Basia.

— Pode ser. Sempre quis vir, mas o esperei morrer. Ele não gostaria que eu viesse.

Basia apontou para um porta-retratos na estante que não estava lá na noite anterior.

— Pegue aquela foto.

David foi até a estante, pegou a foto e a observou. Era uma foto em preto e branco de Anna aos trinta anos. Ele a olhou com carinho.

— Meu pai falava muito dela, e agora entendo por quê. Ela era realmente muito bonita.

Basia sorri.

— E meu pai, meu pai era bonito? – perguntou ela como se fosse uma criança.

David tirou o envelope do bolso e o entregou para Basia. Ela olhou curiosa, abriu e encontrou várias fotos de Chaim.

— Tinha os olhos azuis como os seus, Basia.

Ela pegou as fotografias do pai. Seus olhos ficaram marejados, passou os dedos no papel como se acariciasse o rosto dele.

— Você tem razão, ele não parecia judeu – e ambos riram do comentário.

.27.

O cemitério cristão de Cracóvia era muito bonito. Várias árvores antigas e altas faziam uma sombra agradável. David estranhou os cemitérios católicos, nos quais os jazigos eram grandes e tinham muitas imagens de anjos e outras figuras sacras. Ele e Basia foram até o túmulo de Anna. Ela carregava um ramalhete de flores, abaixou-se e o colocou no túmulo com muito carinho. David olhou em volta, procurando uma pedra. Encontrou uma e a colocou sobre o túmulo, seguindo a tradição judaica.

Basia se ajoelhou e rezou, enquanto David ficou ao seu lado, esperando que ela terminasse. Depois, os dois começaram a caminhar para a saída. David se aproximou da irmã e colocou o braço em volta dos ombros dela. Os dois seguiram abraçados na direção do portão.

– Papai também tomava chá com mel – disse David.

– Eu gostaria de saber tudo sobre ele – respondeu Basia, tomando o braço de seu irmão.

Sete anos depois da primeira edição

A ideia deste livro surgiu na minha segunda viagem à Polônia. Estava em Cracóvia e, ao ver um prédio com pequenos apartamentos, fiquei imaginando como devia ser difícil e perigoso esconder uma família de judeus num espaço tão exíguo. Em conversas com sobreviventes, leituras, novas viagens e bate-papo em palestras, a história foi tomando forma, até que a passei para o papel. Quando terminei o livro, tive a sorte de ser apresentado a Rejane Dias, diretora executiva do Grupo Autêntica, que se encantou pela história e se tornou minha querida editora. Deu vária dicas e fez vários ajustes no texto para chegar à redação final da primeira edição, e agora conseguiu deixar o livro mais bonito ainda.

O personagem Chaim é uma soma de vários sobreviventes que tive o privilégio de conhecer e a quem agradeço por terem me aberto suas mais tristes recordações: sra. Rita Braun, sr. Julio Gartner, sr. Moisés Castro, sr. Geraldo Lewinski, sr. Samuel Klein, sr. Moisés Jakobson, sr. Sara Gelhorn, sr. Sándor Szana, sra. Nanete Konig, sra. Nadia Lazmann, sr. Michel Dymetman e sr. Thomas Venetianer.

Também sou muito grato ao Rabino Y. David Weitman, que sempre apoia minha missão de divulgar o Holocausto, e à professora Ania Cavalcanti, que indicou as dezenas de livros que precisei ler para aprender sobre a Segunda Guerra Mundial.

Não posso deixar de agradecer às minhas amadas filhas, Luiza e Marina, por terem a infinita paciência de me ouvirem falar quase que diariamente do Holocausto.

Recentemente, em janeiro de 2020, fui convidado para participar do 75º aniversário da libertação de Auschwitz e, quando cheguei a Cracóvia, fiquei emocionado ao rever o local que me inspirou. O pequeno prédio não mudou nada. Assim como, infelizmente, também não mudou o antissemitismo que existe em toda a Europa.

O tempo passa e o Homem nada aprende.

Itu, 1º de abril de 2020.

Este livro foi composto com tipografia Adobe Garamond
e impresso em papel Off-White 70 g/m² na Formato Artes Gráficas.